異世界居酒屋「のぶ」

isekai izakaya “NOBU” 2haime
presented by Natsuya Semikawa
illustration / Kururi

二杯目

蝉川夏哉 Natsuya Semikawa ／ illustration 転 Kururi

似合わない顎髭の衛兵
ニコラウス
水運ギルドの女マスター
エレオノーラ
悩める童顔の衛兵
ハンス
〈鬼〉の中隊長
ベルトホルト
イングリドの弟子
カミラ
優秀な味覚を持つ給仕
千家しのぶ
流浪の女傭兵
リオンティーヌ

異世界居酒屋「のぶ」二杯目の人々
isekai izakaya "NOBU" 2haime
料理と酒を詠う吟遊詩人
クローヴィンケル
古都付近に領地を持つ男爵
ブランターノ
気の利く幼妻
ヘルミーナ
森から来た薬師
イングリド
アルヌに仕える料理人
イーサク
詩人を志す放蕩息子
アルヌ
タイショーと親しまれる
矢澤信之
お皿洗いのお手伝い
エーファ

お品書き

異世界居酒屋「のぶ」

二杯目

isekai izakaya “NOBU” 2haime
presented by Natsuya Semikawa
illustration / Kururi

蝉川夏哉 Natsuya Semikawa
illustration 転 Kururi

古都《アイテーリア》
Map of Aetheria
居酒屋「のぶ」
イングリド薬草店
練兵所
エーファの家
水運ギルド
〈鳥娘《ハルピュイア》の舟歌〉

イラスト：転
デザイン：5GAS DESIGN STUDIO

いつもの

「今晩はあの店に行こうぜ」

そう聞いただけでハンスの腹が鳴った。

茶色の癖《くせ》っ毛に大きな目。童顔だが歴《れっき》とした古都の衛兵だ。訓練の後は、当然腹が減る。

衛兵仲間のニコラウスが〝あの店〟と言えば、居酒屋ノブのことだ。

店の中に漂《ただよ》う雰囲気と香りを思い出すだけで、また腹が鳴りそうになる。

厳しい訓練で身体を動かした後はどうしても腹が減るものだ。その頃合いを見計らったように誘われれば、ハンスの返事は決まり切っていた。

「分かった、行く」

「お、珍しいね。最近は随分と節約しているって話じゃなかったか?」

「こんな晩に誘われて行かないわけにもいかないだろう」

いつの間にか短い夏も終わり、秋虫の声が聞こえるようになっている。

特に今晩は風が冷たい。あの店で何か温かいものを肴《さかな》に一杯やれば、いい気持ちで眠れるだろう。

幸い、このところの節約で懐《ふところ》には余裕がある。偶《たま》には好きなものを好きなだけ食べるという贅沢《ぜいたく》をしても、罰《ばち》は当たらないはずだ。

宵闇《よいやみ》の街を歩いていると通りの店から煮物の香りが漂ってくる。

最近古都《アイテーリア》で流行《はや》りの〝オーディン鍋〟という奴だ。

椀一杯で半月銀貨《ハルフムン》一枚。温かいし腹持ちもするということで、ウナギの魚醤《フィゾーサ》焼きと一緒に、密《ひそ》かな人気商品になっている。

スープで色々な具材を煮込むこの料理は北方から伝わったという触れ込みだったが、居酒屋ノブの〝オデン〟の真似だろうとハンスは睨んでいる。

ひょっとすると元は同じ料理なのかもしれない。ただ、ノブができるまで古都の煮売りで似た料理を見たことはなかった。

自分が贔屓《ひいき》にしている店の料理が広まっていくのは、誇らしい。

ノブのタイショーは元祖だ本家だと名乗ることはしないだろうが、その人柄のよさもまた、ハンスがあの店を気に入っている理由の一つだ。

居酒屋ノブは今年の初めに馬丁宿《ばていやど》通りで店を構えた。出てくる料理は見たことも聞いたこともないものばかりだ。

だが、それがいちいち美味《うま》い。たちまち人気が出たのも無理はなかった。ハンスとニコラウスの二人も熱心な常連と言っていい。だが、ハンスの方はこのところ少し足が遠のいている。

「そういえばハンス、お前さん給料を使わずにせっせと貯め込んでいるみたいだけど、何かあったのか？」

「そういう話は一杯やりながらにしよう」

「ま、それもそうだな」

古都を照らす双月《そうげつ》のうち、大きい方の雄月《アールス》はお休みだ。

小の雌月《フェメリア》も鎌月《かまづき》で夜道を照らす光は弱々しい。こういう晩は照燈《ファクール》持ちの書き入れ時だ。小銭を払えば目的地まで足元を照らしながら先導してくれる。古都の夜にはなくてはならない光景だ。

練兵場からノブまではそんな照燈持ちを雇うまでもないほどに近い。

暫《しばら》く暖簾《のれん》を潜《くぐ》っていなかっただけに、ハンスの期待は弥《いや》が上にも期待が高まる。

大きな木の一枚看板が見える前に、もう美味そうな匂いが漂ってきた。

今日の品書きはどうなっているのだろう。考えただけで、涎《よだれ》が堪《こら》えきれない。ニコラウスは最近もちょくちょく店に通っているはずだ。何を頼むのかを見て作戦を練るとしよう。

そんなことを考えながら、硝子《ガラス》の戸に手を掛け、一気に開ける。

「いらっしゃいませ！」

「……らっしゃい」

暖かさと共に迎えてくれるのは、シノブの溌剌《はつらつ》とした挨拶《あいさつ》とタイショーのぶっきらぼうなそれだ。

皿洗いの少女エーファと、中隊長の新妻ヘルミーナもいる。

「シノブちゃん、ニコラウスと一緒なんだけど、席空いているかな？」

「ちょうど二つ空いていますよ」

シノブの案内でカウンター席に腰を下ろすと、一日の訓練疲れが心地よい気怠《けだる》さに感じられる。

目の前に運ばれてきたのはオシボリとオトーシのチクゼンニだ。エダマメもいいが、この時期は温かい小鉢《こばち》が嬉しい。

嬉しいことに、サトイモがごろりと大きかった。

「ご注文は何にしますか？」

シノブが尋《たず》ねると、ニコラウスがしたり顔で、

「トリアエズナマ！　それと、イツモノ」と頼む。

イツモノ？

イツモノとは、なんだ。そんな料理はノブでも聞いたことがない。新メニューだろうか。

「ハンスさんはどうしますか？」

「あ、じゃあオレもその〝イツモノ〟で」

「はい、イツモノですね」

シノブはその答えに満足したように頷《うなず》くと、タイショーに注文を伝えに行く。いったい、イツモノというのは何が出てくるのだろうか。

ニコラウスの顔を見るが、ニヤニヤしているだけで教えてくれそうにない。

食べ終えた客が席を立ち、新しい客が入ってくる。古都の住人は店が混んでいたら待たずに帰る。

だが、居酒屋ノブは例外だ。ここでしか味わえない酒と肴の為に店の前で待つこともある。

次に来たのは徴税請負人《ちょうぜいうけおいにん》のゲーアノートだった。

秀《ひい》でた額《ひたい》に片眼鏡《モノクル》。

厳しい請負人として古都でもちょっとした嫌われ者だったが、この居酒屋ノブが危機に陥《おちい》った時に上手く助けてくれたということで、常連たちの印象はいざという時には頼れる男という風に、少しよくなっている。

もっとも本人はそんなことをまるで気にしている様子はなかったが。

「シノブ君、赤葡萄酒《ヴァイン》とイツモノを頼む」

その注文を聞いて、ハンスは思わず声を上げそうになった。

あの一件以来、ゲーアノートが頼むのは決まって厚切りベーコンのナポリタンだ。それ以外のメニューを頼んだのを見たのははじめてのことではないか。

次に暖簾を潜ったエトヴィン助祭も、イツモノ。

鍛冶《かじ》職人のホルガーも、イツモノ。

それほど人気なのだから、さぞかし美味い料理なのだろう。

しかし、これだけ個性的な常連たちがこぞって頼む料理というのも、全く想像が付かない。愉《たの》しみ半分、怖さ半分といった心持ちだ。

運ばれてきたトリアエズナマでニコラウスと乾杯する。

よく冷えたラガーが喉を滑り落ちていくと、苦味と美味さが一日の疲れを押し流していくかのようだ。この一杯のために生きている、という気さえしてくる。

「それでハンス、そろそろなんで貯金しているか教えろよ」

チクゼンニの鶏肉を摘《つ》まみながら尋ねるニコラウスの表情は好奇心で満ち溢《あふ》れている。

どうせ女絡《がら》みと思っているのだろう。

事情通として知られているニコラウスの事だ。もし本当にハンスに好きな女性がいたとして、この場でそっとその名前を耳打ちしたらどうなるか。

明日の昼過ぎには古都の衛兵中隊連中はおろか近隣の村々に広まって、古都の四方を囲むサクヌッセンブルク侯爵《こうしゃく》領一帯で知らぬ者はいないということになりかねない。

「残念だけど、ニコラウスが思っているようなことじゃないよ」

「おいおい、オレがいったいたい何を想像していると思っているんだ?」

「オレに女ができたと思って探りを入れているんだろ」

言いながら小鉢にハシを付ける。最初はサトイモだ。

本当は好物を最後に取っておきたいのだが、先に食べるのは子供の頃からの癖だ。兄がいるから、うかうかしていると食べられてしまったのだ。

美味い。味がよくしみている。

ねっとりとしたサトイモが口の中で崩れていくのは、至福の瞬間だ。

「なぁんだ、女じゃないのか」

「ほれ見ろ、そう思っていたんじゃねぇか」

「金といえば女、女といえば金だろう」

とんでもないことを言ってのけるニコラウスに呆《あき》れていると、シノブもハンスに「それはちょっと傷付くなぁ」とこちらに加勢してくる。

艶《つや》やかな黒髪に黒い瞳が魅力的なシノブは居酒屋ノブの看板娘だ。

「ああ、シノブちゃんは違うよ、シノブちゃんは。あくまでも男が金を貯め込もうなんて邪《よこしま》な考えを起こす時は、女の影がちらついていることが多いっていう一般論だからさ」

「そんな一般論、私、聞いたことない」

「ははは、シノブちゃんには参ったなぁ」

そう言って乾いた笑いを漏らすニコラウスは、少し前に彼女と別れたばかりの筈だ。

遊び人と思われがちなニコラウスだが、実は意外に身持ちが固い。

一人と付き合っている時は、絶対に他の女には手を出さないだけの分別は持ち合わせている。本当は結婚願望がかなり強いらしく、そろそろ〝真実の愛〟に出会いたいとこぼしていたというのは衛兵仲間では有名な話だ。

「で、話の続きだよ、ハンス。金なんか貯めてどうしようっていうんだ?」

「オレさ、衛兵を辞めようと思うんだ」

言ってしまって、少しだけ後悔が胸の奥底に湧いて出た。口にするまではまだ心の中でもやもやしているだけの気持ちだったのだ。

ニコラウスの反応は、想像していたよりも淡白なものだった。

「辞めるのか。まぁ、訓練はきついしな」

「訓練はどうでもいいんだよ。意味もなくきついわけじゃない。戦場で生き残れるように、っていう訓練なんだからさ」

「はー、前から思っていたけど、ハンス、お前さん真面目だねぇ」

「真面目で悪いかよ」

軽口を叩きながら、目は自然にタイショーの手元を見つめている。

どんな料理が出てくるのか、楽しみで仕方がないのだ。

「で、辞めてどうすんのよ？　親爺さんの後は兄貴が継ぐって聞いてたけど」

「硝子職人はやらないよ。全然違うことをしてみたい」

家業の硝子職人を継ぐというのは、古都で生きていく上ではとても魅力的な進路だ。

父親のローレンツは元々遍歴《へんれき》硝子職人の出身だが、腕を認められて古都の硝子職人ギルドを任されている。ハンスの歳では修業を始めるには少し薹《とう》が立っているが、同じ道を目指すと言えば援助はしてくれるだろう。それに頼りたくないという気持ちもある。衛兵として給料を貰っているのだ。自分一人の力で生きてみたい。

それに、どうしてもやってみたいことがあるのだ。

「なるほどなぁ。確かに衛兵も死ぬまで続けられる仕事でもないからなぁ」

「ニコラウスも何か考えておいた方がいいんじゃないか」

そんなことを話していると、ハンスの目の前にごとりと皿が置かれた。

このメニューは知っている。チキンナンバンだ。

ワカドリのカラアゲを作って貰って、半分だけタルタルソースを掛けて貰うこともできるが、最初からチキンナンバンを頼むと、カラアゲとは少し違った揚げ方をしてくれる。

そちらも滅法美味い。衣に使う粉の違うタツタアゲという料理もあって、それも美味しい。

テーブル席のゲーアノートに運ばれているのは、ナポリタンだ。

ノブのナポリタンが美味いとゲーアノートがあちこちで吹聴《ふいちょう》するので、ついに聖王国《ルブシア》から麺《パスタ》を輸入する商会まで出始めたという。保存も利くのでなかなか好評らしい。

「これが、イツモノ？」

どれも美味いが、見慣れたノブの料理だ。

「ああ、なんだ。ハンスは何か勘違いしているみたいだな。イツモノっていうのは自分がいつも頼んでいるものってことだよ。オレは最近、ベルトホルト隊長の鶏好きがうつったみたいでチキンナンバンばかり頼んでいるからな」

ベルトホルトの名前が出ると、別の席で給仕をしていたヘルミーナが振り向いて可憐《かれん》に微笑む。あの鬼の中隊長には出来過ぎた嫁さんだ。

「それでゲーアノートにはナポリタン、エトヴィン助祭にはイカのシオカラが出てきたってことか」

「そうだよ。シノブちゃんはこの店の常連の注文を全部憶えているんだ」

「そいつは凄いな」

となると自分の前には何が出てくるのだろう。

二杯目のトリアエズナマを啜《すす》りながらハンスは考えてみる。

ノブの料理はなんでも美味い。どれも美味そうに食べていたから、どれが特に好みかというのは分からないはずだ。

最近よく食べているもの、というのも難しい。節約の為とはいえ、あまり店に通わなかったのが悔やまれる。

失敗した。もう少し足繁《あししげ》く通っておくべきだった。

イツモノ、と頼んでいつものが出てくるというのは、どんな気分だろう。なんだか店の一員として認められたような気持ちになるのではないか。そんなことを思いながら待っていると、目の前に現れたのは小振りな皿にちょこんと盛られた丸いものだった。

「サトイモだ」

「煮っ転がしです。美味しいですよ」

「でもシノブちゃん、オレ、サトイモのニッコロガシなんて頼んだことないんだけど……」

「あ、ごめんなさい。でも、ハンスさん、どんなメニューに入っている時でもサトイモだけはいつも最初に美味しそうに食べていたから」

見ていてくれた、というのが嬉しかった。タイショーの方を見ると、小さく頷いている。

ここはこういう店なのだ。単にいつも食べている料理が出てくるというより、こっちの方が何倍も嬉しい。この店の一員だという気がする。

サトイモを、口に運ぶ。

チクゼンニより濃く味付けされたサトイモは口の中でさらにねっとりとした存在感を主張してくる。何が嬉しいかといえば、どこから食べても最後までサトイモなのだ。

好きなものを最後に食べるという夢が必ず叶う。

「ハンスって本当に美味そうに食べるよなぁ。オレにも一個くれよ」

「ダメ。これはオレのニッコロガシだ」

「ダメってさぁ。子供じゃあるまいに」

「ニコラウスさんの分もお出ししましょうか？」

シノブの提案に一瞬だけ思案してみせたニコラウスが頷く。

「ニッコロガシ、こっちにも一つ。あと、アッカンで」

アツカン！　その手があった。確かにトリアエズナマよりもアツカンの方がサトイモとは合う。

そう考えてしまうともう、口の中がアツカンの味になってしまうから単純なものだ。

「シノブちゃん、こっちにもアツカン！」

「はい、少々お待ちくださいね」

今日のアツカンはハクジュという銘柄らしい。

注文してから温めるので、アツカンは少し時間が掛かる。待っている間に期待が高まっていく。

徳利で運ばれてきたアツカンを受け取ったハンスは、ニコラウスのオチョコに注いでやる。

古都では手酌《てじゃく》か酌婦に注《そそ》がせるのが当たり前だが、どういう訳かこの店ではお互いに注ぎつ注がれつするのが慣行になっていた。

ニコラウスからの返杯を受け、満を持してサトイモに手を付ける。口の中にサトイモの味が一杯に拡がったところで、キュッとアツカンを飲む。

美味い。

温められて香りを増したアツカンがサトイモの甘味と渾然《こんぜん》一体となりながら口の中を洗い流していく。これはやめられない。

ちらりと横を見るとエトヴィン助祭までもニッコロガシを頼んだようだ。

人が食べているものはどういうわけか美味そうに見える。そして、実際に頼んでみるとしっかり美味《おい》しいのだ。

カウンターに、奇妙な一体感が生まれた。

サトイモを口に運び、アツカンと味わう。美味い。この至福の時が、永遠に続けばいいのにとさえ思ってしまう。

「ハンスさん、これもどうです」

そう言ってカウンターの向こうからタイショーが差し出したのは、何か丸いもののテンプラだ。

テンプラはこれまでいろいろ食べたが、これはまだ見たことがない。

「里芋を天ぷらにしてみたんです」としのぶ。

いったいどんな味がするのか、見当も付かない。

「里芋の天ぷらは塩をちょっと付けて食べて下さいね」

ノブで出されるテンプラは、つゆで食べるものと塩で食べるものがある。

これまでの傾向からすると塩で食べるテンプラの方が薄味のものが多い。

シノブの指図通り、皿の端にちょこん盛られた塩に少しだけ付けて、テンプラを齧《かじ》る。

「……あっ」

思わず、声が出た。

いつものサトイモの触感を想像していたから、裏切られたのだ。

ほっくりとした食感だが、馬鈴薯《カルトッフェル》のフライより芋が力強い。さっきまで食べていたニッコロガシとは、まるで違う食材の様だ。

「お、おい、あってなんだよ、あって。オレにも食べさせろ！」

今度は返事も聞かず、ニコラウスがテンプラを強奪していく。そして、

「……あっ」

全く同じように呟くと、ニコラウスは目を二度三度と瞬《まばた》かせた。味を上手く説明する言葉が浮かんでこないのだろう。これは、美味い。

「二人がその反応なら、品書きに加えてもよさそうだな」

タイショーはそう言うと、揚がり具合を確かめるために串で刺した一個を二つに割り、一つは自分で食べ、もう一つはエーファに手渡した。

「どうだ、エーファ？」

ハンスが聞くと、栗鼠《りす》のように両手で持ってテンプラを齧ったエーファは力強く頷いた。

「これは、よいものです」

その確信の籠もった言い方が妙に面白くて、店内に笑いの波が起きる。

サトイモだけでなく他のテンプラもニコラウスが頼みはじめると、更にアツカンが進んでいく。

油に次々と具材が躍り、カラカラカラカラという音が耳に心地よく響いた。

「タイショー、新しい料理も美味しいですよ」

褒めるとタイショーは照れくさそうに笑った後、ハンスにだけ聞こえるように呟《つぶや》いた。

「いつものだけじゃなく、どんどん新しい料理を皆に頼んで貰えるようになりたいもんです」

タイショー程の料理人でも悩みがあるのか。

美味い料理を作れば、馴染《なじ》み客は同じものを頼むようになる。そうなると新しい料理を作ってもなかなか食べて貰うことができない。

それは確かに道理だが、料理人としては悩ましい問題だ。

特にノブは冬になれば一周年を迎えることになる。一年の食材を一巡《ひとめぐ》りして、ここが正念場というところだろう。

そんなことを考えながら、ハンスはオチョコの中身を干した。

衛兵を辞めて料理の店をやりたいという話は、うやむやのままに出せずじまいで終わった。

女傭兵

見上げる青空に尾長鳶《おながとんび》が二羽、舞っている。

リオンティーヌ・デュ・ルーヴは鎧櫃《よろいびつ》の上に腰掛け、額の汗を拭った。

なだらかな丘陵《きゅうりょう》は一面の麦畑で、夏の陽射しを受けて干し草色の波間を作っている。その向こうに聳《そび》える城壁は、帝国北部最大の要衝、古都《アイテーリア》だ。

女だてらに体力には少々自信のあるリオンティーヌだが、さすがに昨日今日は疲れ果てた。襲い掛かって来た三人連れの野盗《やとう》を自慢の愛剣で追い返したまではよかったのだ。問題はその騒ぎで馬が逃げ出してしまったことにある。

先祖伝来の鎧兜《かぶと》を捨てるわけにもいかず、鎧櫃に麻縄《あさなわ》を括《くく》り付けて一先《ひとま》ず西へ西へと街道沿いに進んで来たのだ。途中で追い越す馬車、すれ違う馬車はあったものの、どれもこれも荷物を目方一杯に積んであった。か弱い女一人と鎧櫃さえお邪魔させる余裕はないという。

帝国人の見下げ果てた狭量《きょうりょう》さに憤慨《ふんがい》しながら、リオンティーヌは夜も徹して歩き続け、漸《ようや》く古都の見える三つの丘の一つまで辿り着いたのである。

蒸し暑さはどうにもならないが、ここの風は心地いい。

頬を撫でる風に思わず故郷の東王国《オイリア》の海辺を思い出し、リオンティーヌの頬も緩む。

城壁まで見えているのに野宿をするというのも馬鹿馬鹿しい。あと一息の辛抱と、女傭兵《ようへい》は重い腰を上げた。今日こそは宿のベッドで寝たい。

古都の東門に辿り着いた時には、陽は幾らか傾きかけていた。

鎧櫃を牽《ひ》く女傭兵ということで訝《いぶか》しんだのか、顎の下に似合わない髭《ひげ》を生やした衛兵がなかなか通してくれない。

このままでは陽が暮れて閉門されてしまうという段になって、リオンティーヌは彼がちょっとした鼻薬を求めていることに気が付いた。

「アンタも湿気《しけ》た小遣い稼ぎをするもんだねぇ」

「職務だよ、職務。何か事件が起こった時に、怪しい傭兵を古都に招き入れましたなんて上司に報告できないからね」

「現に招き入れているじゃないのさ」

「今はいいんだよ。北方三領邦の問題に一先ずのケリが付いた。人も物も行き来が増えて大忙しだ。少々怪しいくらいで門前払いにはしてられんよ」

それは事実だ。

リオンティーヌが行き違った馬車に荷物が山と積まれていたのも、北方との商いが再び好調になっている兆《きざ》しである。

北方三領邦、特にウィンデルマーク伯爵家が傭兵隊を解散したのも大きかった。

約束の半金とは言え契約料を貰った傭兵たちが故郷へ急ぐ旅路で金を落とすので、街道沿いの宿屋はちょっとした活況《かっきょう》に包まれているはずだ。

「なら、あたしもタダで通して貰いたいもんだがね」

「お前さんは女傭兵なんてやっているが騎士身分だろう?」

「……鋭いねぇ」

「鎧櫃の形から見るに、東王国の南の出だ。持たない奴から取れない分、持ってる奴に御負担頂いているわけだ」

「在所まで当てられるとは思ってもみなかったよ。色々とご存知のようだ。古都の衛兵は皆そうなのかい?」

正規の入市税に少しばかりの心付けを加えた銀貨を手渡すと、髭の衛兵は小さく肩を竦《すく》めた。

「まさか。こんなに気の利く色男は古都の衛兵ではこのニコラウス以外にはいやしないよ」

「そんなもんかね。じゃあ、気が利くついでに美味い酒の飲める居酒屋でも教えてくれないか? 実は腹が減って死にそうなんだ」

リオンティーヌの軽口にニコラウスはニヤリと口元を緩ませた。

「居酒屋なら、いい店を知っている。ちょっと他にはない店だぜ」

衛兵に礼を言って教えられた道順を進むと、いい雰囲気の通りに行き当たる。

馬借や旅人用の木賃宿が軒を連ねているが、リオンティーヌのような傭兵が泊まっても問題のない宿もあるようだ。その中に一軒だけ、異彩を放つ居酒屋がある。

周りの店は全て石造りだというのに、その一軒だけが木と漆喰《しっくい》で建てられているのだ。

店の名は、居酒屋ノブ。

大きな一枚板の看板に、異国風の文字と一緒に記されている。

「ここがあの衛兵のとっておき、ね」

店から金を貰って誰にでも勧めているという疑念は捨てきれなかった。

それでももうここまで来てしまったのだ。他の店を探すのも億劫《おっくう》であるし、リオンティーヌは大人しく店の暖簾を潜ることにした。

店の中からは妙に懐かしいような匂いがして、腹が小さく鳴る。

「いらっしゃいませ！」

「……らっしゃい」

戸を引き開けた時、最初に驚いたのはその涼しさだ。

どういう仕掛けになっているのかは分からないが、外の蒸し暑さを店の中ではまるで感じない。

それに、この香り。

店内はほどほどに混んでいるが、具合のいいことにちょうど一人席を立った客がいたようで、カウンターに一席空きがある。

滑り込むようにそこに陣取るとリオンティーヌは足元に鎧櫃を押し込み、手を挙げて給仕を呼ぶ。

今は何を置いても酒、そして食べ物だ。

とにかくこの空きっ腹にものを詰めないと、古都に来た本当の目的にも支障を来《きた》す。

「こちらオトーシです」

黒髪の可愛らしい給仕が運んできたのは、小鉢《こばち》に盛られた貝の煮物だ。

剥《む》き身にしてあるが、海辺で育ったリオンティーヌにはそれが貝だと一目で分かった。煮る時に酒精を使ったのか、香りがよい。

オトーシというのはこの料理の名称ではなく、恐らくは食前に出すつまみ《アミューズ・グール》のことだろう。

「アミューズ・グールとは居酒屋にしてはなかなか洒落《しゃれ》ているじゃないか」

「ありがとうございます。今日のオトーシのトリガイ、美味しいですよ」

「トリガイ、ね」

傭兵稼業の気楽さでリオンティーヌはトリガイの煮物を指で摘まんで口に放り込む。クニクニとした食感は、貝なのに少し鶏に似ているかもしれない。

料理人の腕がいいのか臭みは全くなく、出汁《フォン》がよく利いている。

これなら小鉢と言わずいくらでも食べられそうだ。

「いいね。つまみのいい店は信用できる。エールを貰えるかい？」

「畏《かしこ》まりました」

軽く一礼をする所作も美しい。

東王国騎士であるリオンティーヌは社交界に顔を出すこともあるが、この給仕のように優美さを感じさせる娘はなかなか見つからないものだ。

思わずいい店を紹介して貰ったと嬉しくなり二つ目のトリガイを摘まむ。

「はい、こちら生になります」

「ナマ、とは聞かない名前だね。この土地のエールかい？」

「いえ、ラガーです」

「ラガー……」

名前だけは耳にしたことがある。

なんでもエールとは少し違った作り方をするらしく、帝国が製造と流通を独占していたと聞く。

少し前に解禁されたとかいう話を小耳に挟んだような気がするが、口にするのははじめてだ。

「……へぇ、驚いた」

キリリと冷えたラガーの喉越しは想像を絶する心地よさだ。

昨日からの疲れが澱《おり》のように溜まっているリオンティーヌの身体に染み込んでいくような美味さがある。

「美味しいですよね、トリアエズナマ。私もエールよりこっちの方が好きです」

さっきの給仕とは違う、亜麻《あま》色の髪の給仕が少しはにかみながら話しかけてきた。こちらはまだ幼い感じがするが、なかなか愛くるしい顔をしている。

「さっきはナマって聞いた気がするけど、トリアエズナマとも言うのかい、このラガーは？」

「ええ、常連さんは皆そう呼んでいるんです」

常連がいるというのはいい居酒屋の最低条件だ。

旅人や一見《いちげん》客を相手に小銭を巻き上げるような商売をしている連中に碌《ろく》な奴はいない。

「お客さん、それでご注文は何にします？」

「あたしは芋《いも》でなければなんでもいいよ。芋でなければ。あれだけは北で死ぬほど食べたからね」

ウィンデルマーク伯は傭兵にもしっかりと食事を摂《と》らせるいい貴族だったが、その内容はほとんどが芋だ。東王国で暮らしていれば一生かかっても食べきれない量の芋を、リオンティーヌは北の地で腹に詰めていた。そんなことよりも気になるのは鼻腔《びこう》をくすぐるこの香りだ。

「実はさっきから気になっているんだよ……あの匂いはなんだい？」

「ああ、あの匂いですか。お客さんはどちらになさいます？」

「どっち、っていうと？」

「私の作った〝潮汁《うしおじる》〟か、それにタイショーが手を加えた〝なんちゃってブイヤベース〟か。どちらも美味しいですよ？」

そう言って給仕の指差した方を見ると、木の札に〝ヘルミーナ特製潮汁〟と〝タイショー特製なんちゃってブイヤベース〟の文字が躍っている。

その下にある冊の字は人気投票をしているということだろうか。今のところは潮汁の方が優勢のようだ。このヘルミーナという若い娘も、料理の腕は達者なようだ。

「潮汁って言うのはまぁ、分かる。魚の粗《あら》を炊《た》いた塩味のスープだろ？　もう一つのなんちゃってブイヤベースって言うのはいったい全体なんなんだい？」

「野菜をさっと炒めて、魚介類やトマトと一緒に煮込んだ料理です」

それを聞いて合点がいった。リオンティーヌの故郷にも似た料理がある。

もっとも、ブイヤベースなどというお洒落な名前ではなく、村の漁師たちは単に千本カサゴのトマト煮と呼んでいたはずだ。千本カサゴは不恰好な上に棘《とげ》に毒があるが、煮ると美味い。

「ああ、じゃあそっちのブイヤベースとやらを貰おう。後、トリアエズナマもお代わりだ」

「はい、ありがとうございます」

ぺこりとお辞儀をするとヘルミーナは注文を伝えにカウンターへ向かう。

お淑《しと》やかで朗《ほが》らか。戦場に生きてきたリオンティーヌとはまるで別種の生き物だ。狼と犬ほども違う。今からこうなろうとしても、何をどうすればいいのか見当も付かない。

貴族の女として、違った生き方もあったのだろうか。

そう思うと、不意に侘《わび》しさが去来《きょらい》する。

貧しさを理由に傭兵に身をやつしているが、選ぼうと思えば他の道も選べたはずなのだ。うら若い時分なら選《え》り好みさえしなければ嫁の貰い手もあっただろう。

しかし、リオンティーヌも今年で二十六。今さらドレスを着飾って、社交界に出掛けようという気にはならない。未練もないではないが、今更どうしようもないのだ。

「お待たせ致しました」

ヘルミーナの持ってきたブイヤベースを木匙《きさじ》でゆっくり味わう。

「……へぇ」

エビや魚介の旨みがしっかりとスープに染み出ている。

故郷の千本カサゴのトマト煮とは少し違っているが、懐かしい味わいだ。

「こいつは美味いな」

「私が潮汁の仕込みを作り過ぎてしまって……タイショーが目先を変えるためにトマトで煮込んでくれたんです」

「なるほど。大した工夫だ。うちの実家近くにも似た料理があるが、それにはこれにサフランを入れるね」

「サフラン、ですか」

きょとんとしたヘルミーナの顔を見ると、サフランの存在自体を知らないのだろう。無理もない。大陸の南の端と、北の端だ。同じ魚のスープでも、材料も味も全く違う。

「ああ。後、イカは入れないことになっている」

「あ、すいません。イカはお嫌いでしたか？」

「いや、大好物さ」

リオンティーヌとイカには切っても切れない縁がある。

「私、イカ漁師の娘なんですけど、夫は私と結婚するまでイカが食べられなかったんです」

「へぇ、そいつはまた難儀だね」

「今はもう克服《こくふく》したんですけどね」

イカ漁師の娘ということは港町の出身だろう。

わざわざ娶《めと》っておきながら、居酒屋で働かせているというのだからろくでもない男なのかもしれない。こんないい娘なら、いい嫁ぎ先はいくらでも見つかるはずだ。

ヘルミーナがもし未婚で相手を探している時に出会ったなら、信用のおける男を何人か見繕《みつくろ》ってもいいとさえ思う。

そこまで考えて、リオンティーヌは噴き出しそうになった。

相手の心配より、まず自分の心配をするべきだ。

ブイヤベースを食べていると、不思議とそんな気持ちになってくる。

自分も結婚していれば、夫に千本カサゴのトマト煮でも作っていたのだろうか。猫の額ほどの農地こそ痩せているが、リオンティーヌの継承した領地は魚介が美味い。

領地からの税は金納と物納が半々だから、海の幸は食べ放題だ。毎日続く魚料理にうんざりして傭兵稼業を始めたのだが、離れてみると懐かしくもなる。

「お客さまは、傭兵さんなんですか？」

「ああ、そうだよ。あたいは傭兵だ。よく分かったね」

「鎧櫃を持って来られるなんて、傭兵さんだけですから」

「ま、それもそうさね」

先に宿をとって預けておけばよかったのだが、今日はとにかく腹が減っていたのだ。

飯を出す宿もあるにはあるが、そういうところの料理は総じて腹を膨らませるためだけのものだから、どうしても味は二の次ということになる。金のある時くらいは美味い飯が食べたい。

「実はね、あたしは人探しをしているのさ」

「人探し、ですか？」

「ああ、そうさ。そのために古都に来たんだ」

先帝の宥和《ゆうわ》外交で、北方から戦乱の気配は去った。稼ぐなら、東王国に戻る方がいい。

それでも古都に足を向けたのは、ほんの少しの未練からだ。柄にもなく、出会いの護符《アミュレット》なんてものまで買った。青い宝石の嵌《は》まった木札型の護符だ。

「傭兵さんの人探しなら、少し伝手《つて》があります。私にもお手伝いができるかもしれません」

「へぇ、伝手ね。それは心強い。助けて貰えるなら恩に着るよ」

「昔の仲間とか恩人だとかですか?」

「いいや、ちょっと違うね」

リオンティーヌは我知らず口元が綻《ほころ》んでいるのに気が付いた。

とっくに捨てたと思っていた、自分の中の少女らしさの残滓《ざんし》が胸の中で甘酸っぱい柑橘《かんきつ》のような芳香《ほうこう》を漂わせている。

「探し人っていうのはね、私の想い人みたいなものなんだ」

あれはつまらない戦になる筈だったのだ。

霧雨の煙《けぶ》る野原で対峙《たいじ》する軍は、リオンティーヌの属する東軍が倍以上。

軍というのも大袈裟《おおげさ》だ。

領主のばら撒《ま》いた小銭に群がる傭兵が二百と少し。相手方の西軍は百に少しおまけの付いたような数だった。

傭兵同士のぶつかり合いなら、余程のことがない限りは数の多い方が勝つに決まっている。

地面は折からの雨で泥濘《ぬかる》んで、足首まで浸かるような有様だった。

元々は農奴同士の些細な喧嘩だ。

耕作地がほんの少しはみ出たの、はみ出ないの、の言い争いが刃傷沙汰《にんしょうざた》になり、雇い主同士の喧嘩になり、領主同士の喧嘩になり、領主の後ろ盾《だて》同士の喧嘩になった。

指揮する貴族も指揮される傭兵も、最初からやる気がない。

適当にぶつかって白黒付けばそれでおしまい。傭兵としてはそれで金が貰えるなら万々歳という戦だ。下手に怪我をするのも莫迦《ばか》らしいから、とにかく相手とぶつかり合いにならなさそうな場所に人気が集中した。

リオンティーヌも適当に剣だけ構えて立っているつもりだったのだ。

そこに、〈鬼〉がいた。

はじめから戦意の薄い雇い主、〈馬面〉フェルディナントを囮《おとり》に使い、〈鬼〉の戦術は奇襲一本。灌木《かんぼく》の林を迂回《うかい》して、〈鬼〉とその仲間は東軍の柔らかい脇腹を食い破るように襲い掛かってきた。

リオンティーヌの戦語りが始まると、居酒屋の客はジョッキを片手に近寄って来た。話の種には飢《う》えている街の衆だ。こういう生の話は意外と受けるのかもしれない。

中には駄賃のつもりか酒手やつまみの皿を寄越す者もいて、ちょっと悪い気はしない。

今では傭兵をやっているが、リオンティーヌも元はと言えば下級ではあるが貴族の令嬢だ。教養もあれば詩歌も嗜《たしな》んでいた。

本物の吟遊《ぎんゆう》詩人ほどには上手くないが、興《きょう》が乗れば語りにも熱が入る。

皿洗いの少女までがカウンターからこちらに出てきておっかなびっくり話を聞いているというのはなかなかに気持ちのいいものだ。

二杯目のトリアエズナマで口を湿すと、リオンティーヌは続けた。


先陣を駆ける〈鬼〉の強さは圧倒的だ。彼の前では四人が二人、二人が一人のように斬り伏せられた。強い。そして、圧倒的に、速い。

理由は、鎧だ。

乱戦だというのに、〈鬼〉は最低限の鎧にしか身を包んでいない。

足元が沼のようになっている今の状態では、確かに鎧は邪魔になる。

だがしかし、並の自信では鎧を捨てることなどできることではない。

一撃でも喰らえばただでは済まない戦場で、〈鬼〉の操る戦技は確かに群を抜いていた。

狙うは一つ、大将首のみ。

〈鬼〉はまるで獲物を狙う鳶のように東軍の陣深く切り込んだ。


「……凄いですね」

ふわぁと賛嘆《さんたん》を漏らしながらヘルミーナが呟いた。

話に夢中になったのか、下げるジョッキを持ったまま立ち尽くしている。

「おうさ。あたしもあれから随分と長いこと戦場に立っているが、全身に鳥肌が立ったのは後にも先にもあの〈鬼〉を目の前にした時だけさね」

「それで、リオンティーヌさんも〈鬼〉と戦ったんですか？」

「ああ、戦ったとも」


敵が来ない穴場に陣取っていたはずが、いつの間にやらリオンティーヌの立ち位置は最前線になっていた。一番安全と思われていた場所を、〈鬼〉は的確に読んできたということだ。

覚悟を決めてリオンティーヌも剣を振りかざす。

身を包んでいるのは伝家の鎧だ。イカの兜飾りは一族が代々海辺の領地を守っていた誇り高き海の騎士だったことを示している。


「え、リオンティーヌさんの兜飾りって、イカなんですか？」

「なんだいヘルミーナ。ここからがいい所なのに。そうだよ、我が家の家紋も兜飾りもイカだ。変わっているだろ？　だからうちの領民はトマト煮にイカを入れない。赤く染まると縁起が悪いからね」

イカの兜飾りを付けている傭兵など、大陸広しといえどもリオンティーヌくらいだろう。笑いを取るつもりでひょうげた声を上げてみるが、ヘルミーナの顔色が悪い。

それどころか、他の客まであからさまに顔をそむける始末だ。

「おいおいどうした。ここからこのあたし、リオンティーヌと〈鬼〉の一騎打ちが始まろうって言うんじゃないか」

「……ひょっとして、ひょっとしてなんですけど、その〈鬼〉っていう人はリオンティーヌさんを見て怯《ひる》んだりしましたか？」

「ヘルミーナ、よく分かるねぇ。あれはきっとあたしが女だと瞬時に見て取って、手加減してくれたのさ」

　歴戦の勇士である〈鬼〉が手を抜いてくれたことにも気付かず、リオンティーヌは左腕を斬り上げてしまった。寸《すん》でのところで相手も籠手《こて》で防いだから大事には至らなかっただろうが、後遺症は残ったかもしれない。

「あたしはね、その時のお礼を一言いいたくて、ずっとその〈鬼〉を探しているのさ」

「リオンティーヌさんは、その〈鬼〉さんの名前を知っているんですか？」

「それがね、知らないんだよ。なんせバタバタした戦だったからね。でも、見れば分かる。それだけは自信を持って言えるよ」

「そう、ですか……」

「なんだい、なんだい。急に湿気た面《つら》しちゃって」

　それに応えたのは、これまで黙って料理をしていた店主だった。

「ああ、いや、お客さんの話に出てくる〈鬼〉っていうのが、うちの店の常連さんによく似ているもんでね」

意外な言葉にドキリとする。

まさか。これだけ長い間探し続けても見つからなかったのだ。それが今になって。

「そ、それは本当なのかい？」

これまで当て所《あど》なく探し続けてきたのが、ここに来て大きな前進だ。

この店の常連ということは、ひょっとすると今晩会えるかもしれないということだ。

「ああ、どうしよう！　嬉しいような、緊張するような……でも、まだ本人と決まったわけじゃないし……どうしよう、ヘルミーナ！」

「リオンティーヌさん、落ち着いてください。まだそうと決まったわけじゃありませんし」

「いや、そうじゃないかっていう気がするんだ。今晩ここで会える。そういう導きなんだよきっと。会ったらまずお礼を言わなきゃな。それから、それから……ああ、どうしよう！」

「落ち着いてください。夫ももうすぐ来るはずですから」

ヘルミーナの言葉に、場が凍ったように静まり返った。

「……夫？　ヘルミーナの旦那さんが、なんの関係があるって言うんだい？」

知らず言葉に力の入るリオンティーヌに、ここだけは譲れないという表情でヘルミーナが応える。

「多分、リオンティーヌさんの言う〈鬼〉というのは、私の夫のことです」

風でも通り抜けたかのように店内が静まり返った。

皆の視線が集まってくるのをリオンティーヌは感じる。

憐《あわれ》み、同情、好奇心。

向けられる表情は様々だが、リオンティーヌの胸に訪れているのは失恋の悲しさなどではない。

「あっはっはっはっは！」

「リオンティーヌ……さん？」

突然哄笑《こうしょう》しはじめたリオンティーヌの顔を、ヘルミーナが心配そうに覗き込む。失恋の衝撃で気でもおかしくなったと勘違いしたのだろう。

「いやいや、いいんだよ、ヘルミーナ。そりゃそうだ。あれから何年経っているんだって話だよ。小便臭い小娘だったあたしが立派な女傭兵に育つだけの時間があったんだ。あの馬鹿強い〈鬼〉が家庭持っていたってなんにも不思議なことはありゃしない」

「は、はぁ……」

「あたしはね、逆に嬉しいんだよ。あの人がどこかの戦野で屍晒《しかばねさら》してるんじゃないってことが分かっただけでもさ」

一気に中身を飲み干すとリオンティーヌは空になったジョッキを天井高く掲《かか》げた。

「失恋記念だ！　今日はあたしの奢《おご》りだからじゃんじゃん飲んでくれよ！」

おぉ、というどよめきが起こると、次々と注文の声が上がる。

失恋記念というのは自分でも妙な言い訳だとは思うが、こんな夜は飲んで騒がないとやっていられない。前後不覚になるまで酔い潰れて、明日からのことは明日考えよう。

ヘルミーナももう一人の給仕も、皿洗いの少女までもが一気に増えた注文を取るのに大わらわだ。

「り、リオンティーヌさん……ほ、本当にいいんですか？」

両の手に三つずつトリアエズナマのジョッキを運びつつ、ヘルミーナが心配そうに尋ねる。形のいい眉は端が下がって、何かあれば今にも泣きだしそうだ。

泣きたいのはこっちなんだよ、という言葉をぐっと飲み込み、リオンティーヌは掌《てのひら》でバンバンと背を叩いてやった。

個別の注文に応えることを諦めたのか、店主が大皿に盛った肴《さかな》を次々に持ってきた。取り皿に取って自分の好きに食べろということだろう。

色とりどりの料理の中にはリオンティーヌの見たことがないものもあるが、どれもこれも美味く、何より酒に合う。

奢りだということで遠慮会釈《えしゃく》なく酒を酌《く》み交わす酔客たちを見つめていると、不意に硝子戸が引き開けられる音がした。

「おいおい、こりゃ何の騒ぎだ？」

その声を聴いた瞬間、リオンティーヌの胸は生娘《きむすめ》のそれのように高鳴る。

忘れるはずがない。この声は、〈鬼〉だ。

何年も何年も夢にまで聞いた、あの〈鬼〉の声に違いない。

振り返って戸の方を見遣ると、確かにそこにはあの男が立っていた。

「〈鬼〉……〈鬼〉じゃないか」

思わず駆け寄りそうになるのを、リオンティーヌは鍛え上げた自制心でなんとか食い止める。

戸惑う〈鬼〉の顔は、あの戦場でリオンティーヌに情けを掛けてくれた時のままだ。

「えっと、お前さんは……」

相手はリオンティーヌのことに気付いていない。

当然だ。何年も前に一度だけ戦場で刃を交えた相手を覚えている筈がないのだ。

一抹《いちまつ》の寂しさが胸の奥を焦《こ》がすが、無理もない。

「ひょっとして、イカ兜の傭兵じゃないか？」

どくん。

また、心臓が高鳴る。そんなはずはない。憶えている筈がない。

自分にとっては昨日のようなあの日は、彼にとってはごくありふれた戦場の一幕だったはずなのに。それでも憶えていてくれたということが胸を早打たせ、頬を熱くする。

「やっぱりそうだ。その体格とちょっと癖のある身のこなし、間違いない」

「お、憶えていたのか……？」

そんなはずはない。

あれから幾度も戦場を駆け巡ったが、ただの一度も遭っていないのだ。

もしそれでも〈鬼〉が憶えているとしたら、どれほどの奇縁なのだろう。

〈鬼〉は人差し指で左腕を擦《さす》りながら、照れくさそうな笑みを浮かべた。

「女の傭兵であれだけできる奴っていうのも珍しいからな」

その言葉に相手の顔を直視できなくなったリオンティーヌは、よそってあった潮汁の大振りな椀を慌てて手に取ると、顔を隠すように啜った。

温かな汁が、疲れた身体に心地いい。

「〈鬼〉、今日はあたしの奢りだ。お前さんの奥さんも一緒に飲もう」

「いいのか、〈イカ兜〉の?」

「リオンティーヌだ。構いやしないよ。今のあたしはちょっと羽振りがいいんだ」

「ベルトホルトだ。それじゃ、強敵との再会を祝して」

「再会を祝して」

乾杯の言葉通りに杯を乾す〈鬼〉の笑顔を見ながら、リオンティーヌは密かに決めた。

明日、古都を発つ。この笑顔を見ていたら、また諦めきれなくなりそうだからだ。

今の〈鬼〉にはヘルミーナという立派な奥さんもいる。

未練が深まる前に、この街を出よう。

でも、今夜一晩。今夜一晩くらいは、〈鬼〉を好きなままでいたい。

そんなことを考えながら飲む潮汁は、少し塩味が利き過ぎている気がした。

古都の秋刀魚《さんま》

いつものように乱雑に散らかった机を見渡し、エレオノーラは小さく溜息《ためいき》を吐《つ》いた。

窓の外は既に薄暗く、漸く仕事を終えたエレオノーラの肩には一日分の疲労がずっしりと圧《の》し掛かっている。

樹王楢《じゅおうなら》の巨木から切り出した一枚を使った大きな机の上には、使い慣れた羽ペンと墨壺《すみつぼ》、それに積み上げられた羊皮紙《ようひし》の束。

どれもこれも上質のものだが、それは華美《かび》を求めてのことではない。

仕事で酷使する以上、それなりのものを使わなければ却《かえ》って割高になるのだ。古都《アイテーリア》の水運の三分の一を取り仕切るギルド〈鳥娘の舟歌《ハルピュイア》〉のマスターともなれば、決済しなければならないことも多い。

そして、手紙の山。

東王国《オイリア》や北方三領邦との太い人脈を武器にここまで成り上がってきたこのギルドにとって、ギルドマスターであるエレオノーラ自身の手による手紙は、強力な武器であり、同時に生命線でもある。

美しい容姿と妖艶《ようえん》な雰囲気も相俟《あいま》って、エレオノーラは仕事を全て部下に任せているという噂があった。本人に言わせれば勘違いも甚《はなは》だしいのだが、そう見られる原因には思い当たる節《ふし》がある。母のせいだ。母がそうだったから、娘もそうだと思われる。

指に胼胝《たこ》を作り、日に何十通もの手紙を書かねばならないのは、エレオノーラの母の放漫経営の故だった。

代々女系に受け継がれてきたこのギルドだが、急拡大したのは母の代になってからだ。

実力者だった先代が急逝《きゅうせい》したことで落魄《らくはく》した〈金柳の小舟〉から優秀な構成員を引き抜き、一気に古都第二位の規模を手に入れた。

全て、女の魅力で。

娘のエレオノーラから見ても十分以上に美しかった母は、自分の美貌の持つ値打ちを誰よりも正確に把握していた。

拡大も女の魅力に頼れば、維持もそれを上手く使わなければならない。

自然と男の見え方も変わってくる。寄り添うものではなく、扱うものに。

だからこそ、エレオノーラは男嫌いに育った。

周りに気付かれるほど、下手な演技をしているつもりはない。男好きだと見られるように仕向けながら、その実、エレオノーラの手を握った男さえ数えるほどしかいないのだ。

美貌には、人並み以上に興味がある。

女として母に負けたくないからだ。母よりも美しくいて、母のようにはそれを使わない。それがエレオノーラの美学だった。

ただ、それだけだ。

日中は、仕事。趣味も、仕事。

そんなエレオノーラにも最近、密やかな楽しみがある。


「いらっしゃいませ！」

「……らっしゃい」

いつものように温かく迎え入れる挨拶《あいさつ》に軽く会釈をし、エレオノーラは迷わずカウンターの一席に腰を下ろした。仕事で疲れた手に、シノブの手から受け取るオシボリが堪《たま》らなく心地いい。強張《こわば》った掌の隅々にまで血が通う感覚を愉《たの》しみながら、エレオノーラは品書きを眺める。

この店のラガーは確かに美味いのだが、最近は専《もっぱ》らレーシュを頼むのがエレオノーラの流儀だ。冷たく澄《す》んだ味わいは、料理の味と一緒に生業の憂《うれ》いも胃の腑《ふ》の底へと流し込んでくれるような怜悧《れいり》さがある。何より、美しい。

「今日はこのデワザクラを貰います。それと、何か美味しい魚を」

「焼きますか？　煮ますか？」

「そうですね……では、焼いたものを」

オトーシのキンピラゴボウを運んできたシノブに注文を伝えると、すぐに美しいグラスが運ばれてきた。注いでから運ばれてくるトリアエズナマと違い、レーシュは客の目の前でボトルから注いでくれる。

トクトクトクトク。

涼しげな音と共に透明なレーシュが杯を満たしていくのは、不思議なことに見ているだけでも嬉しさが込み上げてくるのだ。

まずは一口、デワザクラで口を潤《うるお》す。

この銘柄は、香りがよい。端麗《たんれい》な味わいを楽しみながら、キンピラゴボウにハシを付ける。

シャキシャキとした歯応えと、味を引き締めるピリリとした辛さ。

そこにもう一度、杯に口を付ける。キンピラゴボウのショーユ味が流れ、口の中にはすっきりとした後味だけが残る。

最初はナイフとフォークで食事をしていたエレオノーラだったが、この店ではそれは〝美しくない〟ということに気付いて以来、なるべくハシを使うようにしていた。

店内ではいつもの衛兵コンビがテンプラを肴にラガーを飲みながら、何やら深刻そうに話をしている。北方三領邦の問題が片付いてからというもの、古都一帯は平穏そのものだ。

魔女がどうこうという話をしているらしいが、エレオノーラには全く心当たりがなかった。

この二人組、特に髭《ひげ》を生やした方のことをエレオノーラはあまりよく思っていない。

ニコラウスというこの男は、女誑《たら》しに特有の雰囲気を持っているのだ。

女の敵、というわけではない。むしろ女には優しいような気もする。

だが、本当は奥手なエレオノーラの本性を見抜いてしまうのではないかという恐れからか、若干《じゃっかん》の苦手意識があるのだ。

「お待たせしました、エレオノーラさん。秋刀魚《さんま》です」

「サンマ、ですか」

シノブが運んできたのは、細長い魚の塩焼きだった。

北の海で水揚げされる槍魚《ランスフィッシュ》に似ているが、それよりも若干身に厚みがある。

脂の乗った身には見事な焼き色が付いていて、芳しい香りが鼻腔をくすぐる。

「初物ですけど、今年の秋刀魚は脂がきっちり乗って美味しいですよ」

「レーシュにも合いそうですね」

シノブの言葉に頷きつつ、エレオノーラの目はもうサンマに釘付けだ。

これは、絶対に美味しい。陶の長皿の端に盛られたダイコンオロシの白い峰にショーユを垂らしながら、エレオノーラの喉がごくりと鳴る。

ハシを付けると、パリリと皮が音を立て、中の身が姿を現した。

もどかしい思いで身を毟《むし》ると、そのまま慎重に口に運ぶ。

いい。これは、いい。

魚の強い味としっかりと脂の乗った味わい。

子供の頃は魚の脂が苦手だったが、大人になってからそのよさが分かるようになってきた。

身を噛むと口の中にじんわりと広がる脂は、肉のそれと違って身体が求めているという実感がある。身体が欲しがっているものを、身体が欲しがっているだけ食べる。

それはただの美食の向こう側にある幸せだ。

二度三度と噛み締め、口の中を空にしたところでデワザクラ。

これは堪らない。

次はダイコンオロシを乗せて、もう一口。

脂の味をやんわりと洗い流すようなダイコンオロシのさっぱりとした味が、また絶品だ。

白い身の奥から、茶褐色の部分が現れる。

ここはサンマの内臓だろうか。一瞬不安になるが、居酒屋ノブに限って手抜きをすることはありえない。そのまま出てきたということは、ここも食べる部位なのだ。

そう思ってエレオノーラは恐る恐るハシを伸ばす。

ぱくりと一口。

苦い。

反射的に、デワザクラに口を付ける。

その瞬間、不思議なことが起こった。

苦いのだが、美味いのだ。

子供の頃から苦味があまり好きではないエレオノーラだが、このサンマの内臓は、食べられる。

むしろ、レーシュに合うのではないか。

端麗なレーシュの味わいと、サンマの内臓。

この不思議な調和は、エレオノーラを虜《とりこ》にする。

「秋刀魚のワタ、気に入って頂けました？」

サンマを食べる時に脂の付いてしまった手指を拭《ぬぐ》うために、シノブがオシボリをもう一つ出してくれる。

「サンマの内臓は、ワタというのですか？」

「はい。他の魚では取り除いてお出しするんですが、サンマだけは美味しく食べられるんです。冷酒に合うでしょう？」

「ええ、これはとても美味しい」

見た目は悪い。味も、苦い。

それなのに、この苦味が冷酒の美味さをよく引き立ててくれる。

エレオノーラは不思議な発見をしたような気持ちで、サンマにハシを付けていった。

美味しい魚だが、食べるのは難しい。

色々と弄《いじ》っているうちに、皿の上のサンマは見るも無残な姿になってしまった。ハシに慣れていないということもあるのだろうが、美しく食べられないのはなんとなく悔しい。

レーシュもまだ少し残っている。何か別の肴を頼もうかと思ったその時、エレオノーラは後ろから声を掛けられた。

「ああ、勿体《もったい》ない。まだもう少し食べられますよ」

そう言ってサンマの皿を覗き込んできたのは衛兵コンビの片割れ、髭の生えた方だった。確か、名はニコラウスと言ったはずだ。

「まだ食べられるところが残っていますよ」

顔が近い。

酔っているのだろう。呼気にはたっぷりと酒精の香りが漂っている。赤味の差した顔が、エレオノーラのすぐ傍《そば》にあった。

年下の男をこれほどの距離にまで近付けたのはいつ以来だろうか。

顎に生えた髭を見て、不意にエレオノーラは昔のことを思い出す。

父も、同じような髭を生やしていた。

教会に届け出ている名義上の父ではない。血の繋がった実の父の方だ。と言っても母から直接聞いたわけではない。女の直感、とでも言うのだろうか。一目見ただけで、これが自分の半身の源であるということは分かった。

母を取り巻く男たちの中では冴えない方から数えた方が早いような男だ。

これと言って見どころはなかった。実を言えば、はっきりと顔を思い出すこともできないのだ。ただ、凡庸《ぼんよう》な顔立ちだったということは薄っすらと憶えている。

男の趣味には煩《うるさ》かった母だったが、どういう訳かその男を邪険には扱わなかった。それが彼女の示した精一杯の、それでいて歪《いびつ》な夫婦の在り方だったのかもしれない。

「でももう、これ以上は毟《むし》れないわ。だってこんなになってしまっているのですもの」

「大丈夫、まだ食べられますって」

皿の上では、かつてサンマだったものがみすぼらしい残骸《ざんがい》を晒《さら》している。

エレオノーラの拗《す》ねたような抗議を無視するように、ニコラウスはワリバシを取った。

そのまま、流れるような所作でサンマの身を解《ほぐ》していく。

綺麗だな、とエレオノーラが思ったのはそのハシ捌《さば》きだけだったのだろうか。

サンマの頭を摘まむと、鮮やかな手付きで背骨をそっくりと取り外していく。エレオノーラがもう毟れないと思っていた部分から、まるで魔法のように身が現われてくる。

後には頭から尻尾までの一本通った綺麗な背骨と、毟られた身の山だけが残った。

「タイショー、こないだのアレ、作って貰える？」

「ああ、秋刀魚ごはんね」

毟ったサンマの身をニコラウスから受け取ると、タイショーは平鍋にゴハンと共に投入した。

シノブたちがダシと呼んでいるスープに幾つかの調味料を加え、同じ鍋に入れる。サンマの身も一緒に入れて、炊き上げるようだ。


あまり料理をしないエレオノーラは味の付いた麦粥《むぎがゆ》に似た仕上がりになるかと思ったのだが、ゴハンがダシをしっかりと吸ったのかふっくらと炊き上がっている。

見た目はウナギ弁当に似ていなくもない。夏にノブで随分と流行った料理だ。

ダシとタレの違いはあるが、ゴハンと魚の組み合わせという意味でも近い料理と言えるだろう。

美容によいという話を聞いたので、エレオノーラはこっそり使いの者に買いに走らせていたから、ウナギ弁当ならよく知っている。

ただ、サンマゴハンが決定的に違っているのは、その見た目だ。

正直に言ってしまえば、見てくれはよくない。

上にネギの緑を散らしても、エレオノーラの審美眼からすれば、これは残飯《ざんぱん》のように見えてしまう。猫の餌だと言われたら信じてしまいかねない。

だが、食欲をそそるこの香りは、なんだ。

ニコラウスの解した身がほどよくゴハンに混じり、なんとも言えないよい匂いがカウンターまで漂っている。

目の前に運ばれてくると、香りは益々際立つ。

「あんまり綺麗な食べもんじゃないけど、美味しいですよ」

屈託なく笑うニコラウスに勧められるまま、エレオノーラはサンマゴハンにハシを付けた。

サンマの旨みがギュッと詰まったゴハンが口の中でほろりと崩れる。

これは、食べやすい。

さっきのサンマは味がしっかりとして酒の肴として美味しかったが、食べ慣れないエレオノーラにはほんの少し脂が乗り過ぎていた。

それが、このサンマゴハンはどうだ。

生姜《イングワー》がしっかり利いているからか、煮た青魚の臭みはない。

ネギも彩りだけでなく食感に変化を与えてくれている。さりげなく添えられたナスの漬物も、ハシ休めに丁度いい。見た目はこんなに悪いのに、どうしてこんなに美味しいのか。

それも、豪奢《ごうしゃ》な食事の美味さではない。どこか懐かしい、落ち着くような味わいだ。

いつまでも味わっていたい。そう思った時には、茶碗の中はもう空っぽになっていた。

この量も、いいのかもしれない。後少し多ければ腹にもたれていただろうし、少なければ何かもう一品頼まなければならなかった。

エレオノーラは食べ終えた茶碗を見ながら、実の父のことを何故か思い出していた。

「ね、こんな見てくれでも意外と美味しいでしょ？」

「ええ、本当に」

本当に、美味しい。

帝都から料理人を呼び寄せてまでありとあらゆる美食に耽《ふけ》ってきた自分が、こんな見た目の料理に心を動かされていることが、エレオノーラにはまだ信じられなかった。

これだから、部下たちからなんと言われても居酒屋ノブ通いはやめられないのだ。

「お姉さん、美人さんだからまた美味しいもの教えちゃいますよ」

ニコラウスの言葉に、エレオノーラはやっと得心《とくしん》がいった。

この男、酔っ払っているのだ。今話している相手が、水運ギルドのマスターであるエレオノーラだということにも恐らく気付いていないのだろう。

そうでなければ、ここまで馴れ馴れしく話しかけてこられるはずがない。

納得はしたが、どうした訳か少し寂しくもある。

あまり美しくない髭を生やしたこの男と、どうして自分はもう一度会いたいと思っているのだろう。不思議な気持ちだが、不快ではない。

「ありがとう、色男さん。機会があれば、また会いましょう」

エレオノーラは一瞬父の面影を重ねた女誑しの衛兵に丁寧に礼を述べると、財布を取り出した。

シノブに支払う銀貨の数は、心付けを考えても十分以上に多い。

訝しげに枚数を数えるシノブに、エレオノーラはそっと頷きかける。

するとそれで納得したのか、居酒屋ノブの看板娘は銀貨を丁寧に金庫に仕舞った。

明日もまた、あの髭の衛兵はこの居酒屋に来るのだろうか。

そんなことを考えながら、エレオノーラは月明かりの家路をゆっくりと歩みはじめた。

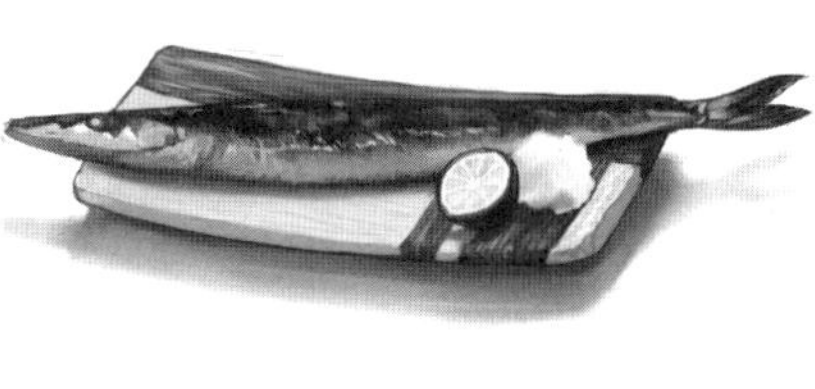

タコ尽くし

「トリアエズナマ、もう一杯おくれ！　いや、面倒だ。二杯まとめて持って来てくれ！」

上機嫌でナマを頼みながら、ゴドハルトは肴を前に掌を擦《こす》り合わせた。

古都《アイテーリア》に三つある水運ギルドの中でも最大の一つ、〈水竜の鱗〉のマスターであるゴドハルトが居酒屋ノブの隠れた常連だということは、今や関係者で知らぬ者はいない。荒くれ者の多い水運ギルド三つの中でも最大の人数と規模を誇る〈水竜の鱗〉は、古都《アイテーリア》の表にも裏にも絶大な影響力を持っている。

そのマスターがしばしば立ち寄る居酒屋ノブにちょっかいを掛けるのは勇気というより蛮勇《ばんゆう》だ。

一度だけ、売り出し中の無法者がノブからみかじめ料を巻き上げようとする事件があったが、未遂に終わった。噂を聞いたゴドハルトの部下が、芸術的と言ってもいい手際で無法者を〝説得〟したからだ。

そういうわけで、今日も居酒屋ノブでは美味い肴と酒が振舞われている。

今日のゴドハルトの注文は、ウナギ尽くしだ。

ウナギのカバヤキにウナギのシラヤキ、玉子で巻いたウマキと、キモスイまであった。

香りだけでもお代の取れそうな豪勢さに、他の客も生唾《なまつば》を呑んでいる。

最近は居酒屋ノブでのウナギ人気は少し落ち着いてきたが、代わりに古都の屋台や煮売り屋でウナギの魚醤《フィゾーサ》焼きというメニューが流行《はや》りはじめている。

部下に買わせてみたが、ゴドハルトに言わせればまだまだだ。

それでも色々な店が競って工夫をしているので、最近ではそこそこ食べられる味のものもできつつある。古都の人々の美味しいものへの情熱は凄まじい。

なんと言っても嬉しいのが、古都に住むどこの誰がウナギを売っても、結局はゴドハルトが儲《もう》かる仕組みになっているということだ。

古都での水利権は今や、ゴドハルトが握っている。

「金の心配はいらんから、どんどん食べろよ」

「は、はぁ……」

目の前で小さくなる振りをしながらも意外と厚かましくシラヤキでアツカンを飲んでいるのは、ラインホルトだ。ゴドハルトと同じく水運ギルド〈金柳の小舟〉のギルドマスターだが、ここのところはあまり目立った儲けがなく、ギルド自体も弱体化している。

そのラインホルトのギルドから巻き上げるような形で手に入れた水利権によって、今のゴドハルトは潤《うるお》っているのだから、ほんの少しだけ後ろ暗さのようなものがある。

騙し取ったわけではないが、手に入れる前と手に入れた後で水利権の価値が大きく変わってしまったのだ。

今や、古都の人間でウナギを雑魚《ざこ》として扱う者はいない。

居酒屋ノブがなければ、ウナギなんてゼリーで寄せて食べるだけの雑魚だったのだから、何が起こるか分からない。古い諺《ことわざ》に言う〝老いた雌鶏《めんどり》が金の卵を産む〟という奴だ。

シノブが運んでくるナマが待ち切れず、ウマキをフォークで口に運ぶ。

口の中でとろとろの玉子とウナギのタレが程よく絡まり合って、絶妙な調和を演出する。

これだ。これが、ウナギだ。

「はい、生二丁お待たせしました」

ちょうどいい具合にシノブの運んできたナマでカバヤキを食べる。

これも、いい。

居酒屋ノブのウナギはふんわりとしてそれでいて力強い美味さがある。

秋になって脂が載ってきたのか、夏前に食べた時よりも更にゴドハルト好みになっていた。

「ラインホルトさん、ウナギっていう奴は実に美味いもんだなぁ。オレはこれなら毎日食べてもいいと思っているんだ」

「ゴドハルトさん、声が大きいです。他のお客さんもいることですし。それに毎日だと飽きちゃうと思いますよ」

他の客と言われて見回すと、確かに今日も居酒屋ノブには客が多い。知った顔では衛兵コンビと助祭と片眼鏡の徴税請負人。ゲーアノートは今日もナポリタンを食べている。

他にも見知らぬ顔がちらほらと。大入り満員大繁盛という奴だ。

皿洗い担当のエーファという女の子も、衛兵隊の中隊長の若奥さんもきりきり働いている。

「全く大したもんだ。まだ店を構えて一年経ってないっていうのにな、ラインホルトさん」

「それだけお客さんに評価されているということでしょう。飲食店にとってはとても大事なことですよ」

「水運ギルドにも、な」

縄張りを巡る争いで一触即発の事態に陥《おちい》ったのは、今年の夏のことだ。

ラインホルトが先祖代々受け継いできた水利権に関する勅許状《ちょっきょじょう》をゴドハルトの〈水竜の鱗〉に引き渡すことで手打ちになった。それまでは格の上ではラインホルトの方が上だったのだ。

これほどラインホルトと気安く口を利けるようになったのは、水利権の一件で規模の差が大きくなり過ぎたからというわけではない。

単独での商売ではどうにもならないと判断したラインホルトが、最近ではゴドハルトの下請けのようなこともしてくれるようになったからだ。

水運ギルドと言っても、仕事にはそれぞれ得意分野がある。

古都の水運業界で一番の老舗《しにせ》というだけあって、ラインホルトの下に残っているギルド員たちの技術力は高い。以前の三割ほどの人数しかいないとはいえ、ラインホルトの協力が得られれば、以前には請けられなかったような仕事も請けられるようになるという寸法だ。

組んで仕事をするようになってから、主な依頼先の船主や商会からの評判もよい。それで最近のゴドハルトは機嫌がいいのだ。

「ラインホルトさん、お前さんとは過去に色々あったが、今はお互いに上手くやれている。水に流して貰えるとありがたい」

「こちらの方こそ、ゴドハルトさんから仕事を回して貰えるようになって一息つけました。改めて、ありがとうございます」

ジョッキとオチョコで乾杯すると、二人とも一気に飲み干す。

美味い肴に美味い酒。

仕事疲れの身体にこれ以上の幸せはない。

「それでラインホルトさん、今日は折り入って話があるそうだが」

「ああ、そうですね。それではそろそろ、その話を」

話の内容までは分からないが、商売の話だということをゴドハルトは分かっていた。

以前からコツコツとラインホルトが北の漁村と打ち合わせをしているということは掴んでいたのだ。話の内容までは探り切れなかったが、何を言いたいのかはある程度予想が付いた。

大抵のことなら受け容れよう、という気持ちが今のゴドハルトにはある。

だが、とんでもない大博打なら逆に止めてやらねばならないという思いもあった。

父親から受け継いだ水運ギルドをラインホルトは若いなりに上手くまとめているとは思うが、それでもやはり経験不足は否めない。

酔いを過ごして自分の頭が回らなくなる前に一つ、若者の思い付きとやらを聞いておいてやろうという心配りだ。

「ゴドハルトさんもご存知の通り、我がギルドは古都の水運だけでは規模を維持するだけで精一杯です」

「そうだな。エレオノーラの所もある」

〈金柳の小舟〉、〈鳥娘《ハルピュイア》の舟歌〉、そして〈水竜の鱗〉。三つのギルドがこれまで併存できたのは、それぞれが抱える人夫の数が少なかったという事情がある。

ところが最近では、周りの農村から次男坊三男坊が次々に古都にやって来るので、人夫は少し余り気味だ。当然、それを取り仕切る水運ギルドも利害がぶつかる部分が出てくる。

「だから、新しい商売をはじめようと思うのです」

「新しい商売か。思い切ったな」

「うちのギルドが一番小さいですからね。身軽だということもあります」

それでも、ラインホルトの〈金柳の小舟〉は一番古く、由緒もある。小さいから身軽だと言い切るのは、忸怩《じくじ》たる想いがあるだろう。

だが、それを指摘するほどゴドハルトも野暮ではない。ラインホルトが悩んで決めたことだ。応援してやりたいという気持ちがある。

「穀物の売買をしているアイゼンシュミット商会が、最近北に販路を開いたらしいのです」

「ああ、ヨルステン麦を扱いはじめたんだったか。バッケスホーフがいなくなったから、結構な儲けが出たと聞いているが」

居酒屋ノブを自分のものにしようとしたバッケスホーフ商会は、ラガー密輸の疑いで解体された。

その余波は、今もあちらこちらに残っている。

「その販路に一枚噛ませて貰うという話です」

「一枚噛む、か。簡単に言うが難しいだろう」

「ええ、今まで古都で取引されていなかったような特産品を、商会に買いつけて貰うのです」

「その資金を貸して欲しい、ということか」

なるほど、筋は通っている。

商売そのものは商会の領分だが、ラインホルトはそこに出資する形で相乗りするのだろう。

その資金の一部をゴドハルトのギルドから借りて出すというのは少々博打《ばくち》だが、それくらいしてやる義理はある。もちろん、儲けの出る見込みがあれば、の話だ。

「大変申し訳ないのですが、貸して頂けませんか？」

「額や期間のこともあるからここではいそうですかとは、さすがに言えんな。だが面白そうな話だとは思うよ」

それが今のゴドハルトに言える最大限の言葉だ。しかし、気になることが一つ、いや二つある。

「でだ、ラインホルトさん。二つ聞きたいことがあるんだが」

「なんでしょうか？」

真面目くさった表情でラインホルトが応えた。

「一つ目は、何をアイゼンシュミットに商《あきな》わせるつもりなのか。そして二つ目は……カウンターの下に置いてある、その、時々動いている妙な壺は何かということだ」

ラインホルトの方が先に来ていたので聞き辛かったのだが、彼の足もとには妙な壺が置いてあり、時折小さく動いているのだ。

「それは、二つとも一緒にお答えできます」

ラインホルトが床から壺を抱え上げ、おもむろに蓋《ふた》を取った。

辺りに磯の香りが漂う。

「これが、我がギルドの将来を担う特産品……タコです」

蓋の空いた壺から、ずるりと〝それ〟が床に這い出る。

「お、おい、ラインホルトさん。こいつはいったい……」

ぬらぬらとした粘液に包まれたこの不気味な生き物はまだ生きていると見え、ゆっくりと床を這いずっていた。

タコという生き物を、ゴドハルトは生まれてこの方、見たことがない。

イカなら、知っている。

居酒屋ノブでイカを知らないと言えば、とんだモグリだ。

古都の守備を司る衛兵隊の中隊長、〈鬼〉のベルトホルトの元弱点のイカ。

それとよく似た生き物だが、このタコという奴も食べられるのだろうか。

思わぬ珍客の出現に店内が俄《にわ》かに騒がしくなる。客の中には叫び声を上げる者まで出る始末だ。

普段は参事会でも沈着冷静さを誇っているゲーアノートは平然とした顔をしているが、ナポリタンの皿を持って壁際に避難している。

落ち着いているのはタイショーとシノブ、それにエーファと中隊長の確かヘルミーナという名前の若奥さんくらいのものだ。

こういう時に女は強い。

そうこうしているうちにヘルミーナが手慣れた所作でタコをさっと捕まえ、壺の中に押し込めた。衛兵二人組は呆然としていて何もできなかったらしい。本当にそんなことで街の守りができるのだろうか。

「すみません、まさかまだこんなに元気だとは」

申し訳なさそうにラインホルトが頭を掻《か》く。

客からはしっかりしろよと野次《やじ》が飛ぶが、ゴドハルトはタイショーの表情に注目していた。

あれは、料理人の目だ。

タコが売り物になるか、見極めているのだろう。

ラインホルトのタコがイカのような食材だとすれば、活きのいいまま古都に運べるというのは大きな利点だ。

死んで時間の経った魚介は食えたものではないが、生きたまま運べるというなら話は別。鮮度は比較的よい状態に保たれるのではないか。

ひょっとすると、とゴドハルトはラインハルトの方に向き直る。

育ちのいいお坊ちゃんだと思っていたが、この男はわざとタコをここで放してみせたのかもしれない。本当にそうだとすれば、とんでもない策士だ。

考えてみれば、ゴドハルトがラインホルトの歳の時分は何をしていただろうか。喧嘩に明け暮れていただけではなかったか。

「うぅむ」

「どうしたんですかゴドハルトさん。唸《うな》り声なんか上げて。せっかくのウナギが冷めちゃいますよ。早く食べましょうよ」

「ん、ああ、そうだな」

騒ぎの間に温《ぬる》くなってしまったナマをシノブがさりげなく交換してくれる。こういう配慮は、他の店ではなかなか見られない。

よく冷えたナマを呷《あお》っているうちに、ラインホルトは今のタコをタイショーに譲るという話を持ちかけていた。

「どうでしょう、このタコ。お譲りしますから、ちょっと料理してみてくれませんか？　もちろん、御代は頂きません」

「それはありがたいですが、少し時間がかかりますよ」

「構いません。夜はまだ始まったばかりですから」

周りの客も二人の会話に興味があるようで、しっかりと聞き耳を立てている気配がある。

みんな、試食のおこぼれに与《あずか》るつもりなのだ。

タコを捌《さば》くことに決めたタイショーの動きは早かった。

ゴドハルト達の目の前でさっとタコを〆てしまうと、シノブにダイコンをおろさせる。

「本当は塩で揉むだけでいいんですが、このタコは身が締まってるみたいなんで、大根おろしでも揉みます」

普段は給仕をしているシノブだが、ダイコンをおろす手際は大したものだ。

あっという間に器いっぱいのダイコンオロシが摺り上がる。

客の喉が期待にごくりと鳴る。ここで帰ってしまうほど勿体《もったい》ないことはない。

どうやらタコの色々な食べ方ができるらしいと、ナマを頼んで長期戦の構えだ。

タコが這いずった床を拭いていたエーファも、慌てて注文取りに走り回る。

並々とジョッキに注いだナマを、ヘルミーナが次々とテーブルに運んでいく。

タイショーの手が塞がっているから、追加の肴はない。それならば、ということでどこの席でも会話に花が咲く。テーブル席では魔女だの何だのと話題が出ているが、ラインホルトとゴドハルトの関心事は違う。そもそも魔女狩りなど百年も前の話なのだ。

「今年の収穫祭は例年にも増して大掛かりになりそうだな」

「バッケスホーフ商会がなくなりましたから、大市の仕切りが揉めそうです」

「利益のほとんどを持って行かれるよりはマシだよ」

収穫祭自体はまだ何ヶ月か先だが、その仕度《したく》はそろそろ始めなければならない。水運ギルドでは、収穫祭と同時に開かれる大市の割り振りが重要だ。市参事会の新議長であるマルセルにも話を通さねばならない。

年に一度だけ開かれる古都の大市には、帝国全土から商人が集まる。利益も大きいが、苦労も少なくはない。ここ数年は客足が落ちていたが、北が落ち着いたので今年は盛況になる見通しだ。

その時に物資の輸送で粗漏《そろう》があれば、水運ギルドの沽券《こけん》に関わる。

「タコも大市も下拵《したごしら》えが肝心、ということですか」

「そういうことだ。一度エレオノーラも交えて三人で、しっかり打ち合わせをせんとな」

「そうですね。で、打ち合わせの場所は？」

聞くまでもないことをラインホルトがわざとらしく聞いた。口元が笑っているところを見ると、答えは分かっているのだろう。

「決まっている。この店で、だ」

そんなことを話していると、いよいよタコの下拵えが済んだらしい。

タイショーが見事な包丁捌きで、水洗いしたタコを薄く削《そ》いでいく。

「まずは刺身です」

皿に盛られたサシミはまるで白い花弁のように美しい。

床を這い回って居た時は深海の奥底に眠る異貌《いぼう》の邪神の眷属《けんぞく》か何かのような姿をしていたものが、今では随分と食欲をそそる姿に変わっていた。

一切れ摘《つ》まんでショーユに付け、口に運ぶ。

「……ほう」

ぷりぷりとした歯応えに思わず声が漏れた。

噛むとしっかりした味がする。魚のサシミは何度か食べたが、それとは違った美味さだ。

「北の街で食べた時より柔らかいな……」

そう言いながらラインホルトもサシミを二切れ三切れと摘まんでいく。

負けじとゴドハルトもハシを伸ばしながら、意外なほどしっかりしたタコの旨みを堪能する。噛めば噛むほど味が出るというのはこのことだろう。

これは、レーシュが合うはずだ。

「済まん、シノブちゃん。こっちにレーシュを」

「あ、私にもお願いします」

一人が頼むと堰《せき》を切ったようにレーシュへの注文が殺到した。

ナポリタンしか食べられない奇病に掛かったのではないかと疑われていたゲーアノートも白ワインを片手にこっそりと摘まんでいる。

合う。

予想した通り、タコのサシミはレーシュに合う。

きりりと冷えた辛口のレーシュが、タコの旨みを何倍にも引き立てる。

なるほど、タコとはサシミに適した食材なのだ。

新鮮な魚を生で食べる習慣の無い古都だが、生きたタコが北の港町から仕入れられるようになるとなれば話は別だ。

これはかなりの儲けが出るのではないか。

あっという間にサシミは片付けられてしまったが、丁度その頃合いを見計らったかのように次の皿が現れる。

「さ、次はタコの唐揚げだ」

足をぶつ切りにしてさっと揚げたカラアゲは、匂いからして強烈だ。

油の香りというのはどうしてこうも胃袋に対して暴力的なまでの誘惑を仕掛けることができるのだろうか。ウナギを腹に詰めているのに、はっきりと分かるほどに胃が動く。

これには、トリアエズナマだ。酒飲みとしてのゴドハルトの本能が強く主張する。

「シノブちゃん、こっちにトリアエズナマ！」

「こっちにもだ！」

ナマを一口含んで、口の中を平常に戻した。

タコのカラアゲ。

ワカドリのカラアゲは、ノブの名物メニューだ。

それと同じカラアゲで勝負できるほど、タコとは強い食材なのだろうか。

ハシで摘まみ、じっと見据える。

ぱくり。

サクリとした衣の下から現れたのは、思いもかけず弾力のある歯応えだ。くにくにとした食感は、カラアゲになっても少しも損なわれていない。むしろ、引き立てられてさえいる。

一口食べて、間違いに気が付いた。

タコは、サシミで食べるためのものではない。

カラアゲで食べるためのものだ。神がその為に創りたもうた存在に相違あるまい。

そうと考えれば怪異な姿にも納得がいく。

あの怪しげで不気味な姿は、この美味を人間に隠しておくためのものだったのだ。

そして当然、ナマにも合う。ワカドリのカラアゲよりも少し香辛料を聞かせてあるのが心憎い。

この味は、癖になる。

「お気に召しましたか？」

ナマのお代わりを運びながらシノブが尋ねてくる。

ゴドハルトは大きく頷き、宣言した。

「タコのカラアゲは素晴らしい。トリアエズナマにも、合う。これが明日から、オレのイツモノだ。

もちろん、ウナギも時々は食べるが、タコがある時はカラアゲだ」

「そんなに気に入りましたか」

「ああ、気に入ったとも。今の気持ちを詩人のクローヴィンケルならなんと歌い上げることか」

「詩人……？」

なんのことか分かっていない風なシノブの肘《ひじ》をつっつき、ラインホルトが助け舟を出す。

「ゴドハルトさん、こう見えて詩とか物語が結構好きなんですよ。クローヴィンケルっていうのは、
料理のことばかり歌う吟遊詩人です。詩を纏《まと》めて本にもしているのですけど」

「へぇ、色んな人がいるんですね」

　感心するシノブに空のジョッキを押し付ける。

「学があるところも見せないとな。腕っぷしだけじゃギルドマスターは務まらないんだよ。な、ラインホルトさん」

「私は腕っぷしの方が少し足りないかな」

　そう言って細い腕に力瘤《ちからこぶ》を作って見せようとするラインホルトの首を、ゴドハルトは抱え込むようにして無理矢理乾杯する。

「構うもんかね。腕がなくても、ギルドを纏められればいいんだ。お前さんは今のところ、それを上手くやっている」

「は、はぁ……」

　頼りなげな返事をしながらナマを啜《すす》るラインホルトの分もカラアゲをつついていると、次の皿が出てきた。小鉢だ。何かの茎と和《あ》えてあるのか、底の方にちょこんと盛り付けられている。

　もったいぶらずに鉢にどんと盛って来ればいいような気もするのだが。

「最後の肴は、タコワサです。ちょっと辛いので、気を付けて少しずつ食べて下さい」

　ふむ、と小さく溜息《ためいき》を吐《は》く。

　サシミ、カラアゲと昇り調子に来ただけに、最後の皿がこれというのは些《いささ》か興醒《きょうざ》めではある。

　しかし、タイショーのことだから何か考えがあるのだろう。

　例えば一口食べれば酔いがスッキリ醒めるとか、そういう料理なのかもしれない。そう考えれば、なんだかありがたい気がする。

タイショーは少しずつ食べろと言っていたが、まぁ脅《おど》しの様なものだろう。

タコワサをハシで豪快に一掴みにする。

あっ、とシノブが制止しようとするのが見えたが、もう遅い。

それを一気に口に放り込んだ。

ツン。

次の瞬間、眉間《みけん》と鼻梁《びりょう》の間に経験したこともない痛みが走った。

思わず目を瞑《つむ》りながら、ナマを流し込む。

なんだこれは。辛いというよりも、痛い。

だが決して、不快な感覚ではなかった。

口の中に残ったタコワサを噛み締める。サシミで味わったぷりぷりとした食感はそのままに、塩でも香辛料でもない爽やかな辛味が絶妙な味わいとなって口の中に拡がる。

「だ、大丈夫ですか？　そんなに一遍に食べて……」

心配そうに顔を覗き込むシノブとラインホルトへの返事の代わりに、タコワサをもう一口放り込んだ。こんどはちゃんと、一口分である。

そして、そこにナマ。

美味い。

これは、美味い。この辛さ、病み付きだ。

「ラインホルトさん」

「は、はい」

背筋を伸ばすラインホルトの手を、両手で握り締める。

「出資の件は了解した。タコを売ろう。古都でいつでもタコを食べられるようにしよう」

「はい！」

力強く頷くラインホルトと、もう一度乾杯する。

こんなに美味い酒を飲むのは、久しぶりだという気がした。

三　酔人のカラアゲ問答

異世界居酒屋「のぶ」

「塩だ」

「いや、ショーユですよ」

ほろ酔い加減に顔を赤くした大の男二人が夜の居酒屋ノブに声を張り上げる。

目の前で繰り広げられる戦いのあまりの下らなさにハンスは溜息を吐いた。

ベルトホルトとニコラウスによる飽くなき戦いの主題は、カラアゲの味付けだ。

訓練後の楽しかるべき飲み会が、何の因果でこんなことに成り果ててしまうのか。

それも一度や二度のことではない。このところ、衛兵隊の三人が居酒屋ノブで同席になる度に同じ騒動が持ち上がっている。巻き込まれるハンスにとっては災難としか言いようがなかった。

疲れた身体でどうしてこんなことを言い争うのか、理解しようという気すら起こらない。塩でもショーユでもいいから早く食べたいという気持ちがあるだけだった。

手を挙げて二杯目のトリアエズナマを頼む。今日も長丁場になりそうだ。

居酒屋ノブではその時々に応じて違う種類のカラアゲを揚げてくれる。

その中でも代表的なのが、塩とショーユである。

塩派のベルトホルトとショーユ派のニコラウスの対立は留《とど》まるところを知らず、訓練中でさえ時折思い出したように議論が白熱する。その間は訓練も中断になるのでハンスとしては悪いことばかりではない。だが、それもこれだけ繰り返されるとうんざりしてくる。

どちらも美味いと決着をつければよさそうなものだが、一度意固地になると事態はなかなか収拾しない。

飲んで憂《う》さを晴らす貴重な機会が、毎度毎度この調子では気も滅入ろうというものだ。

「で、今日はどっちを頼むんですか？」

「それが問題だ」

「両方頼むのはタイショーにも迷惑ですからね」

味付けを変えて作るとなると、どうしても手間が掛かる。タイショーに頼めば気軽に作ってくれる。だが、毎回二種類三種類とカラアゲを頼むのは申し訳ないということで、最近では話し合ってどちらか一方を頼むという協定が結ばれているのだ。

ハンスとしては両方の味付けを憶えたいのでどちらか一方に偏《かたよ》るよりは都合がいい。

問題は、塩かショーユのいずれを頼むかで毎度紛糾《ふんきゅう》するということである。

迷惑を掛けられないとその辺りだけ妙に良識的なのはいいのだが、議論が長引くとカラアゲにありつけるのが遅くなるのは困りものだ。

その間、ハンスはタイショーが料理する手元を見て過ごすことになる。

何度見ても惚れ惚れする手際だ。最近料理に凝《こ》りはじめたので、その凄さが分かる。

別の適当な肴は頼むのだが、カラアゲだけは頼むことができない。無性にカラアゲが食べたい時などは早く決着を付けてくれと怨嗟《えんさ》の声を上げる羽目になる。

今日も今日とて二人はいつもと同じように論陣を張り始めた。

「やはり、オレは中隊長として塩を推《お》したい。ワカドリの持つ素材本来の旨さを最大限に引き出すのは塩味を措《お》いて外《ほか》にない。にんにくも利いて身体にもいい。塩だ」

「中隊長として、というのは職権の濫用《らんよう》ですよ。オレはショーユの方がいいですね。素材の味が大事なら焼いた鶏に塩掛けて食べておけばいいんですよ。料理としてのカラアゲを食べる以上、ワカドリの旨さと衣の味が渾然一体となって最大の価値を引き出さなければならない。そのためにはショーユ味が最適なんです」

ベルトホルトもニコラウスもよくもまぁこんなことでここまで白熱できるものだと感心しながらハンスはオトーシのキンピラレンコンでトリアエズナマを進める。

タカノツメが利いていて、ピリリと美味い。アツカンでもいいが、ナマにも合う。

よく冷えたナマは、冬でも美味い。

小さい方が近くなるのは難だが、馬丁宿通りには公衆厠《かわや》が多いので安心だ。ノブのような店には厠はないが、困ることはない。汲《く》み取ったものは農家が買い取って代金は市参事会に支払われる。

ハンスが用事を済ませて席に戻っても、飽くなき戦いはまだまだ続いていた。その間にもジョッキは空になり次の一杯が注文される。

酒が回れば頭も議論も熱くなるのでますます収拾がつかない。

普段であれば、そろそろ頃合なのだ。シノブが機を見て注文を取り、どちらかに決まる。どちらにも決まりそうもないというのは、珍しい。

二人とも酔っているのだろう。いつもよりナマの進みが速い。今日の訓練は特に厳しかったから、酒が一際美味いのだ。もちろん同席しているハンスも例に漏れない。タイショーの料理する手際を見ながら、ついついつい度を過ごしている。

「そう言えば局外中立のような涼しい顔をしているハンス、お前はどうなんだ」

「そうだそうだ。さっきから一人でちびちびと飲みやがって。お前はどっちがいいんだ！」

ついに飛び火したかと天井の梁《はり》を仰《あお》ぎ見て、ハンスはジョッキの残り半分を盛大に呷った。のらりくらりと誤魔化してきたが、いつかはこうなることは予見していた。それがたまたま今日だったというだけのことだ。

「オレですか？」

「そうだ、ハンス。今は塩とショーユで一対一だからな。お前が加われば形勢が変わる」

「責任重大だぞ、ハンス。でも、オレとお前の仲だからな」

ベルトホルトもニコラウスも、自陣に味方が増えると信じて疑っていないことは表情からも明らかだ。どうしてそこまで自信が持てるのかと不思議になるが、酔人《すいじん》とはまぁ概《おおむ》ねこういうものなのだろう。ハンスの父親のローレンツも酔えばこんな風になった。

いつも通り黙って議論を聞き流していたタイショー、シノブ、そしてヘルミーナにエーファも興味深そうにハンスが旗幟《きし》を明らかにするのを見守っている。

今この瞬間だけ、ハンスは居酒屋ノブの主役だった。特に何をしたというわけでもないのに、店内の関心を一身に集めている。これはこれで悪い気のするものではない。

「さぁ、ハンス。もちろん塩だよな」

「いやいやベルトホルトさん。こいつの表情を見て分かりませんか？　ショーユ派としての名乗りを挙げたくてうずうずしているっていう顔ですよ」

「決め付けはよくない。ハンスの自由な意思でどちらかを選ばせるべきだな。ところでハンス明日の訓練での休憩の話なんだが……」

「やめましょうよ、そういう露骨な買収は」

表面上は笑顔で平静を装《よそお》っているが、お互いに負けられないという強い意志が言葉の端々《はしばし》から滲《にじ》み出ている。中隊長のベルトホルトはともかく、いつも飄々《ひょうひょう》としているニコラウスが女以外のことでこんな風になるのをハンスはほとんど見たことがない。

げに恐ろしきはカラアゲの魔力と言うことか。その魅力は人を引き付けて魅了し、心を捕らえて離さない。居酒屋ノブの品書きは数あれど、季節が移ろっても一番人気の座を守り続けている定番というだけのことはある。

「まぁそれは冗談として。どっちなんだ、ハンス」

「早く言ってしまったほうが楽になるぞ、ハンス」

酔人二人にずずいと迫られるが、ハンスは少しも怯《ひる》まなかった。

答えは既に決まっているのだ。何も迷う必要はない。

大きく一つ息を吸い、ハンスは正々堂々と自分の信じる最良の答えを宣言した。

「俺が好きなのは、タツタアゲです」

かつて〈鬼〉と呼ばれた男が不機嫌そうな呻《うめ》きを漏らす。

ニコラウスも瞑目《めいもく》し、苦々しげな表情を浮かべている。

「タツタアゲ、か」

「タツタアゲなぁ」

「美味しいじゃないですか、タツタアゲ！」

すぐに切り返してこないのは、二人もタツタアゲを否定する材料を持ち合わせていないからだ。

対塩、対ショーユに特化した二人の議論は新たに出現した第三極に対して巧く働かないらしい。

「居酒屋ノブの料理は味も当然素晴らしいですが、特筆すべきはその食感です。歯触りや舌触りにこれほど気を使った料理をオレは他で食べたことがない。揚げ物でも、食感は重要視されるべき項目です。ワカドリのカラアゲの食感も素晴らしいですが、タツタアゲのサクリサクリとしたあの噛み応えは正に至福。至高にして究極の食感の一つですよ！」

力強く断言するハンスに、二人は腕を組んで黙り込む。

重い沈黙が三人を包んだ。誰も何も言うべき言葉を持たない。そんな風にハンスには思えた。

お代わりのトリアエズナマが運ばれてきても、静寂は続いた。

「いやな、ハンス」

沈黙を破り口火を切ったのは、ベルトホルトだ。

両掌を顔の前で組み、ハンスからはその口元しか見えない。

「……タツタアゲは、カラアゲじゃないだろう」

後ろでシノブがぷっと噴き出すのが聞こえる。振り返って見ると、ヘルミーナとエーファも口元を押さえていた。タイショーは分かってくれると思ったのだが、背中が何かを堪えるように小刻みに震えている。

「タ、タツタアゲだって似たようなものじゃないですか！」

頬が熱くなるのを感じながら抗議するハンスに、ニコラウスが首を横に振る。

「諦めろ、ハンス。名前は違う。タツタアゲとカラアゲは、別の料理だ」

確かに、名前は違う。それでも、同じ括りの食べ物ではないのか。カラアゲもタツタアゲも知らない人間に食べさせれば、同じ料理と思うのではないか。

言いたいことは山のようにあるがここでぶちまけても〝竜に負けた騎士の弁明〟だ。

何も言えずにレンコンのキンピラをハシでバラバラにしていると、ベルトホルトの頼んだナマのお代わりをヘルミーナが運んできた。

ベルトホルトがジョッキを受け取りながら、軽い調子で尋ねる。

「ヘルミーナは、塩だよな？」

しかし、返事はない。ただにこやかな顔でヘルミーナは小首を傾《かし》げるだけだ。カウンター奥へ戻ると、タイショーに何か小声で耳打ちした。

ベルトホルトが首を捻《ひね》る。つられるようにニコラウスとハンスも、咳払いをする。

何かが、妙だ。

いつもと変わらないヘルミーナの笑顔なのだが、今日はどこかうそ寒さを感じる。

先ほどまで喧々囂々《けんけんごうごう》の討論が繰り広げられていたとは思えない重い沈黙がテーブルを支配した。

身じろぎ一つするにも躊躇《ためら》うほどの雰囲気だが、ジュワジュワと小気味のいい音が響きはじめる。

カラアゲだ。

ヘルミーナの耳打ちは、どうやらカラアゲの注文だったらしい。

しかし、どちらだ。

順当に考えれば、夫であるベルトホルトの塩だという気もするが、それならさっきの態度の説明がつかない。となれば、ショーユだろうか。しかしあのヘルミーナがそこまであてつけのようなことをするということは想像しにくい。

ハンスの推すタツタアゲの可能性も考えたが、残念ながら望み薄だろう。あれだけ笑われてしまうと、勝機はないに等しい。

では、今揚がっているカラアゲはなんなのだ。

三人とも気にはなるのだが、ここからではカウンターの内側は見えない。聞けば答えも返ってきそうなものだが、互いに牽制《けんせい》して聞くことさえできない。

ただ、まんじりとして時間の過ぎるのを待つしかないのだ。

音が、変わる。

カラカラカラカラカラカラカラ。

二度揚げの音。やはり、カラアゲだ。

知らず、喉が鳴る。三人の手が挙がり、ナマが運ばれた。身体は、カラアゲを欲している。

「はい、お待たせしました」

笑顔のヘルミーナが運んできたのは、カラアゲだ。

しかし。

「へ、ヘルミーナ、さん？　これは……？」

「ご注文のカラアゲですよ、あなた」

大皿に山盛りになっているのは、カラアゲはカラアゲでもなんこつのカラアゲだった。

ご丁寧に、塩とショーユ味が半分ずつ盛られている。ちなみにタツタアゲはない。

「いや、なんこつカラアゲも美味しいけど……」

口の中がもうカラアゲを待ちわびる態勢になっていたので、なんこつだと少し違うと言いたいのだろう。ベルトホルトが食い下がろうとすると、ヘルミーナがなんこつカラアゲの山の上でレモンを握り潰すように搾《しぼ》った。さすがに元漁師の娘。おしとやかに見えて、握力はある。

その上で、ベルトホルトの耳元で何かを囁《ささや》いた。

ベルトホルトの訝《いぶか》しげな顔が途端に引き攣《つ》った笑顔へと変わる。

「さ、さぁ、ニコラウスにハンス。じゃんじゃん食べよう。下らないことで言い争って店に迷惑を掛けている場合じゃない。せっかくのなんこつカラアゲが冷めてしまうからな」

〈鬼〉が怯《おび》えている。

そのことを察しても、ハンスもニコラウスも指摘するほど無粋《ぶすい》ではない。搾ったレモンの残りを笑顔で齧《かじ》るヘルミーナに軽く会釈して、なんこつカラアゲにハシを伸ばす。

コリコリとした食感が、よい。

レモンを搾ったお陰でさっぱりと食べやすいなんこつのカラアゲは、トリアエズナマの肴に最適だ。いくらでもハシが進む。揚げ物を待ち侘びていた三人には喜びも一入《ひとしお》だ。

なんこつカラアゲにしてよかった。

コリコリ。

コリコリ。

コリコリ。

一つ食べるとまた一つ。次から次へとハシが伸びる。自然、トリアエズナマも進んだ。

結局、あれこれなやんで悩んだり意見をぶつけたりするよりも肴はさっさと決めて頼んでしまった方がお酒を楽しむことができるのではないか。

そのことを教えてくれたヘルミーナに感謝しながら、ジョッキを空にする。

余ったレモンを美味しそうに齧るヘルミーナは、いつも通りの大人しい若妻の姿に戻っていた。

それでも無理矢理口角を上げて笑顔を装っているベルトホルトを見て、ハンスはヘルミーナだけは怒らせないようにしようと誓うのであった。

しのぶちゃんの特製プリン

秋の陽が沈んでしまうと、古都《アイテーリア》はとっぷりとした闇に包まれた。

普段は夜道を天から照らしてくれる大小の月も、今は見えない。ブランターノの森から聞こえる一角梟《いっかくふくろう》の寂しげな鳴き声だけが夜を満たしている。

今日は、両新月だ。

何ヶ月かに一度、雌雄《しゆう》二つの月が揃って新月になる。昔は凶事の前触れと恐れられたというが、今では天文読みの学者のお陰で何月何日に月が隠れるのかは古都の庶民でも知っていた。

双つ月が揃って隠れると、馬丁宿《ばていやど》通りの暗さはいつになく深い。

風だけは妙に強く、街路に植えられた陽除けの樹々の葉を舞わせている。

普段なら木の下で飲み歩きの客相手に白湯《さゆ》や飴湯《あめゆ》を売る物売りも、両新月の夜ばかりはどこかの塒《ねぐら》で息を殺していた。

ひっそりと静まり返る古都の闇の中で、居酒屋ノブには今宵も明りが灯《とも》っている。

「……こういう両新月の晩には、出るんですよ」

テーブルを拭きながらエーファは呟《つぶや》いた。

「出るってエーファちゃん、何が？」

シノブが聞いてくるので、エーファは小さく震えながら答えた。

「……魔女です」

「魔女。魔女かぁ」

シノブの顔には、まさか魔女なんてと書いてある。

まさかではない。魔女はいるのだ。

余所から古都に来たらしいシノブとタイショーは当たり前のことを知らなかったりするが、魔女は確かに森の中に住んでいる。

「魔女って、どんなものなの？」

「深い森の奥に住んでいて、夜な夜な怪しげな呪《まじな》いをしているんです。箒《ほうき》に乗って空を飛んだり、不気味な薬を作ったり、小さな子供を攫《さら》ったり、教会に叛《そむ》いたりするんです」

「私たちの知ってる魔女とほとんど変わらないのね」

「後は……お酒と、甘い物が好きです」

「甘い物？」

魔女はお酒と甘い物が好きだ。特に、ブランターノの森に棲《す》んでいる魔女は甘い物に目がないという。森の近くの街道で旅人相手に飴を売る行商人が、何度も魔女に飴を売ったという話をエーファは聞いたことがある。

「お酒が好きなら、この店に来るかもしれないわね」

「怖いこと言わないでくださいよ、シノブさん……両新月の晩は危ないんですから」

だから、店を閉めましょうとエーファは言えなかった。

確かに、今日の居酒屋ノブは商売にならない。閑古鳥《かんこどり》の大入り満員だ。さっきから客は、一人もいない。訪《たず》ねてきた人と言えば、間違った宛先に手紙を届けに来た肉屋の徒弟くらいのもので、居酒屋のぶは開店休業状態だった。

それもそのはず、表の通りにもほとんど人がいない。

人どころか野良犬さえも今日は姿を消している。星乞鳥《ほしごいとり》も啼《な》いていない。手持無沙汰な照燈持ち《ファクール》だけが客を求めて当て所なく歩いているだけだ。

両新月の晩に出歩くのは、余程急用のある人か物好きでしかない。

それでも、シノブとタイショーの考えでは店を休む理由にはならないらしいのだ。

誰かが不意に酒を飲みたくなった時に、どこにも飲めるところがないというのは寂しいと思うからだという。

その考えは立派だとエーファも思う。

こういう店が古都に一軒や二軒、あってもいい。

ただ、それでも魔女は怖かった。

ヘルミーナのように休みを取ってもよかったが、気付けばなんとなく来てしまったのだ。

折悪《おりあ》しく、小雨までぱらつきはじめた。秋の雨は、冷たい。

さすがに今日は誰も来ないかとシノブが溜息混じりに呟いたその時、硝子戸が小さく敲《たた》かれた。

風で何かがぶつかったかと思うと、もう一度。

「あ、いらっしゃいませ！」

「……らっしゃい」

硝子戸が開くと、一人の女性客が入ってきた。

真っ黒いフード付のローブを目深《まぶか》に被っているので、顔は見えない。

魔女だ。一目見た瞬間、エーファはそう直感した。

物陰に隠れようと思うが、そういう訳にもいかない。

ここは居酒屋で、相手は客だ。たとえ魔女だろうとエルフ《アールヴ》だろうと、酒食を楽しみに来た相手であれば迎え入れないといけない。エーファもこの店で働くようになって、そういう考え方が身についてきている。

それにまだ、魔女と決まったわけではない。

客の姿をじっと見るが、年齢さえもエーファには判断が付かなかった。

「こんな晩に開けているとは、ここも酔狂な店だねぇ。女一人で相済まないとは思うが、ちょいと邪魔するよ」

その声は嗄《か》れていて、やはり六十代のものに聞こえるが、袖口から見せる手指の肌理《きめ》は二十代の半ばといっても通じそうなほどに美しい。

雨水の滴《したた》るローブを払ってから、客は奥のテーブル席に腰を下ろした。

フードは取らないので、表情は読めない。

注文は、エールと適当な肴《さかな》、できれば温かいもの。

ラガーが解禁されたと知っている人でも、まさかこの店で飲めると思ってはいない。エールと注文されてもそのままラガーを出すというのがノブのやり方になっている。

こういう注文はシノブの腕の見せ所だ。どんな曖昧《あいまい》な注文も、長年の間とタイショーとの息の合った連携で応えてしまう。エーファにはまだまだ真似のできない芸当だ。

一先ずトリアエズナマとオトーシとで喉を潤《うるお》し腹も落ち着けておいて貰っている間に、タイショーに煮付けを温めて貰う。オトーシはタコと乱切りにしたキュウリを酢《エシッグ》で和えたもの。

エーファも少し味見をしたが、タコの食感が面白い。

今日の煮付けに使ったマコガレイと呼ばれる魚はタイショーが選んだ逸品で、本当ならサシミで出しても美味しく食べられると自慢していた。

両新月の日でなければそうするのだが、客が少ないのが分かっているならば、と最初から煮付けにしたのだ。

この煮付けは、美味しい。

先帝陛下がこの店を訪れた時に出したカレイと、同じくらい美味しい。

シノブの好みは薄味だというが、最近のタイショーは客の反応を見て少しずつ味を濃くしている。

ダシの引き方の工夫にも、日夜余念がないと言っていた。

お客もこの味が気に入ったようで、フォークとスプーンで器用に骨から身を取りながら、美味そうに食べている。

姿をそれとなく観察していると、客がくつくつと忍び笑いを漏らした。

「お嬢ちゃんは、私が怖いのかい？」

慌ててぶんぶんと首を横に振る。なんとか謝らないと、と思うのだが、上手く言葉が出てこない。

「いえ、そんな、お客さまは魔女じゃないですし、私は、魔女は怖くないですし、たとえ魔女でも、お客さまならきちんとおもてなしするのが居酒屋ノブというお店ですし」

必死に説明するエーファを見て、お客が噴き出す。

「なるほど、魔女だと思ったのかい。鋭いお嬢ちゃんだ。それなら怖がるのも無理はないね」

「あ、いえ、あの……」

このお客は果たして魔女なのか魔女でないのか。

だが、この客が魔女のような格好をしているのは確かだ。

なにも両新月の晩に、こんな格好で街を歩かなくてもいいのにとエーファは思う。もっとも、このお客さんはそういうことが趣味なのかもしれない。

「それにしてもなかなか面白い店だね」

煮付けに舌鼓《したつづみ》を打ちながら、魔女のようなお客が店内を見回す。

「ありがとうございます」とシノブが応えると、お客はエーファの方を見てまたくつくつと笑った。

目元はローブで隠れているが、口の辺りが綻《ほころ》ぶと意外に人のよさそうな顔に見える。

「いやまぁ、お嬢ちゃんはじめ店員さんが面白いのも確かなんだが、なんと言っても店が面白いね。失われた魔法の息吹きを感じる」

のだろう。

魔法、という言葉にさすがのシノブも怪訝《けげん》な顔を浮かべる。

まさか本当に魔女ではあるまい、という表情だが、魔法という言葉が口から飛び出すと、不安な
「ま、魔法ですか……？」

「そうさ、魔法さ」

そう言って客は神棚の方をじっと見据える。

神棚には、今日は奮発して五目稲荷《いなり》を供えている。古都の人間にとっては異国情緒溢れる造りだ。

この神棚を見て魔法と言っているのだろうか。エーファは一度この店で奇妙な体験をしたが、そのことは皆には内緒だ。居酒屋ノブの裏口が別の世界に繋がっていたと言っても信じて貰えないだろう。

「魔法と言っても、素性のいい魔法だね。どこに繋がっているのか知らないが、ちゃんと必要な人間しか通さないような網が掛けられている」

「えっ、繋がっている、ですか？」

シノブがタイショーと顔を見合わせた。ここの裏口が不思議な場所に繋がっているということを、エーファは誰にも漏らしていない。シノブとタイショーは当然知っているのだろうけど、どうしてこのお客はそれを言い当てられたのだろう。

必要な人間だけしか通さない。

そういえば確かに、裏口から訪ねて来る人をエーファは見たことがなかった。考えてみれば妙な

話だが、それも魔法ということなのだろうか。

「昔はこの辺りにも扉はいくつもあったんだよ。森の中でキノコが綺麗に円を作るように生えているのを見たことは？　大切な物を木の洞《ほら》に隠していたら翌日になくなってしまったことはないかい？　道ですれ違った人が袋小路の方に歩いて行ってそのまま出てこなかったのを見たことくらいはあるだろう？」

「そういうのは全部、魔法ということですか……？」

エーファが聞くと、お客はまた笑う。

「魔法だと言うこともできるし、そうでないと言うこともできる」

エーファは自分の膝が小刻みに震えるのを止めることができない。

シノブは両手で胸の前に盆を抱え込んで何か考え込んでいる。

タイショーだけはなんだかキラキラした目で客が次に何を言うのかを待っている風に見えた。魔法に興味があるのかもしれない。

「たとえばこの煮付けだってそうさ。私は随分と長くこの辺りに暮らしているが、こういう味ははじめてだ。いったい、どこからこんな魚と調味料を持ってきたんだろうねぇ」

このお客は、本当に魔女なのだろうか。

エーファにもこの店の裏口の秘密が誰かに漏れたらとんでもないことになるということくらいは分かる。別の世界への扉。求める人間はたくさんいるはずだ。

最悪の場合、居酒屋ノブはなくなってしまうだろう。

欲の深いバッケスホーフのような人が一人だけとは思えない。

シノブとタイショーも、そんなことは望んでいないはずだ。

このお客は、何を知っているのだろうか。

お客がトリアエズナマで口を湿《しめ》し、何か言葉を続けようとしたところで、硝子戸が再び遠慮がちに叩かれた。

「こちらに、うちの師匠がお邪魔していませんかっと?」

ひょっこりと顔を出したのは女の子だった。

年恰好はエーファとほとんど変わらないだろう。収まりの悪い茶色の髪を赤い頭巾《ずきん》に無理やり押し込んでいて、そばかすが愛らしい。

「なんだ、カミラ。迎えに来てくれたのかい」

少女の顔を見るなり、魔女のようなお客の声の調子が和らいだものになった。

招き寄せて少女の頭巾を取ると、髪を手櫛《てぐし》で梳《と》かしはじめる。

「イングリド師匠、だからあたしの髪をそんな風に触るのはやめて下さいってば！　子供じゃないんですから。ってまた酷く酔ってますねぇ……」

カミラと呼ばれた少女が押しのけた拍子に、フードがずり落ちた。

中から現れたのは、美しい銀髪の美女だった。長い髪を後ろで束ね、緑色の瞳は酔いで艶《なま》めかしく曇っている。年の頃は三十代にも四十代にも見えるが、もう少し上かも知れない。

五十と言われればそうかもしれないが、とても綺麗に歳を重ねている。

子供のエーファが見ても思わず溜息を溢《こぼ》してしまいそうになる美しさだ。

「……らっしゃい」

「あ、いらっしゃいませ！」

タイショーの声で、カミラも客だったということをシノブも思い出したらしい。

「ああ、いえ、あたし、迎えに来ただけで注文とかは……」

それもそうだとエーファも思う。

そもそも、こんな子供に居酒屋が何かを出すというのも変な話だ。

「でも、何か甘い物とかありませんかね」

甘い物！

それを聞いた瞬間、エーファの背中にぞわりとしたものが走った。

甘い物と言えば、魔女の好物なのだ。

「うちの師匠、甘い物食べるとそこでお酒がいったん止まるんで。その隙に連れて帰ります」

「甘い物、ですか」とシノブ。

「干した果物とか、なんでもいいんです。そういう物があれば、少し譲って頂けませんか？」

顎に人差し指を当てて考えるシノブだが、すぐには思いつかないらしい。

この店は居酒屋なのだから、当たり前と言えば当たり前だ。

甘い物と言ってもすぐに出せる物はない。

エーファは少し不安になった。

甘い物がなければ、この怪しげな師弟はいつまでも居座るのではないか。

そう思っていると、シノブがポンと手を打った。

「あれだ。あれがある」

はて、あれとはなんだろうか。

シノブがレイゾウコから、小振りな茶碗を取り出した。

「じゃじゃーん、しのぶ特製手作りプリンです！」

「手作り……プリン？」

口に出してみるが、エーファの聞いたことのない料理だ。

カウンターにシノブが並べるのを見る限り、前に味見をさせて貰ったチャワンムシの仲間だろうか。色合いもどことなく似ている。兄弟ではなくても従兄弟《いとこ》くらいの親戚に違いないとエーファは当たりを付けた。

だが、チャワンムシは甘かっただろうか。

「お、プリンか。美味しそうじゃないか」

「駄目よ、大将。大将の分じゃないんだから」

「えっ、でも数は足りているんだろう？」

不満げというよりも少し拗《す》ねた口調で言うタイショーを尻目に、シノブは指を折ってプリンの数を数えはじめる。

「イングリドさんの分にカミラちゃんの分、エーファの分と、弟さんと妹さんの分」

「いいんですか？　シノブさんの分もないみたいですけど」

「私と大将のはいいの」

そう言ってほほ笑むシノブだが、タイショーはまだほんの少し恨めしそうな目をしていた。チャワンムシも好物だと言っていたから、きっとプリンも好きなのだろう。

「さ、カミラちゃん。イングリドさんとご一緒にどうぞ」

「はい、頂きます！」

「エーファも一緒に食べてね」

渡された木匙《きさじ》を手に、プリンの器と向き合う。

やはりチャワンムシとは少し違うようだ。ひんやりと冷やされた器が手に心地いい。

エーファが一口目を掬《すく》って口に運ぼうとしたその時、

「美味しい！」

イングリドが素《す》っ頓狂《とんきょう》な声を上げた。

見るとカミラも夢中になってプリンを掻き込んでいる。

はじめにイングリドを見た時の不可思議さはどこかになりを潜め、なんだか可愛らしい食べっぷりだ。魔女ではないかと思ったのだが、この様子を見ると違うのではないかという気もしてくる。

しかしこのプリンというのはどれほど美味しいんだろう。

掬ったまま空を彷徨《さまよ》っていた一口を、口に含む。

甘い！

滑らかな甘さが口いっぱいに広がった。とろとろふんわりとした食感が幸せへ誘う。

思わず目を瞠《みは》って、茶碗の中を覗き込む。

この黄色い食べ物は、いったいなんなのだ。

「美味しい？　エーファちゃん」

「美味しいです、すごく！」

とろりとしたプリンを木匙で掘り進めていくと、奥から黒い蜜《みつ》のようなものがじわりと沁《し》み出してきた。

匙の先に少し掬って舐めてみると、これも甘い！

黄色い部分とは違った甘味だ。

次は二つの部分を混ぜて食べてみる。これもまた、素敵な味だ。

食べ終えてしまうのが勿体ないような、幸せ。

器の底に少しも残さないように丁寧に食べ進めていると、突然イングリドがくつくつとしのび笑いをはじめた。笑い方は少し不気味だが、美味しいものを食べて幸せを感じた時に誰もが浮かべるあの笑顔を浮かべている。

「このプリンというのは、実に素晴らしい。卵と乳酪《にゅうらく》と糖で作っていると見たが……実に素晴らしい。まるで魔法だよ。是非もう一つ頂きたいもんだ」

「すみません、イングリドさん。プリンはもうお仕舞いなんです」

「その娘の土産物にするんだったか……うーむ」

一声唸ると、イングリドはローブの袖から小さな護符《アミュレット》を取り出した。

「これはとある旅の女傭兵から譲り受けたものでな。思わぬ人と出会えるという霊験あらたかな護符だ。これと交換するというのはどうかね？」

「師匠、未練がましいですよ！」

怒るカミラをまぁまぁと宥《なだ》めながら、「それも魔法の品ですか？」とシノブが尋ねる。

反応したのは、カミラの方だった。

「お師匠様、この店でも魔法だとかなんだとか言ったんですか！」

「ああいや、両新月の晩だから、つい、な」

「ただでさえ古都に越して来てからご近所さんにも気味悪がられてるんですから、そういうことはやめてください」

「う、うん、次からは気を付ける……」

弟子に怒られて傷付いたのか、イングリドが小さくなる。

「じゃあ、イングリドさんは魔女じゃないのか……」

「そうなんですよ、店長さん。師匠はこう見えて腕のいい薬師《くすし》なんですよ」

カミラの説明では、最近までブランターノの森で暮らしていたのが、段々と開墾《かいこん》が進んできたのでいっそのことと、街へ越して来たらしい。

「一人で暮らす分には森でも構わないんだけどね。カミラには歳の近い友達が要るだろうからね」

「そんな心配要らないっていうんですけどね。どうしても街で暮らすんだって。本当は美味しい食べ物とお酒が欲しいだけだと思うんですけど」

「じゃあ、魔法がどうだこうだっていうのも？」

「師匠の趣味みたいなものです。そういうことには一応詳しいらしいですよ」

「一応じゃないよ、カミラ」

「はいはい。分かったから帰りましょうね」

「だけど、プリンがねぇ……」

その言葉にシノブがすみませんと丁重《ていちょう》に頭を下げる。

まだプリンに未練がある様子のイングリドだが、残ったプリンは妹と弟のものだ。

こんなに美味しいのだから、ぜひ食べさせてあげたい。

心苦しさにイングリドとカミラから目を逸《そ》らした先で、タイショーがにやりと笑っていた。

そのままレイゾウコを開けると、何やら奥の方を探り始める。

目当てのものは、すぐに見つかったらしい。

「おやぁ、こんなところにプリンがもう一個あるぞー」

何故か棒読みでタイショーがそう言うと、シノブがこれまでに見たことのない速さでレイゾウコの方を振り返った。

「えっ、あれっ、大将、そのプリンは、えっと……」

「しのぶちゃん、まさか自分だけもう一個食べようと思って余分に作って来たなんてことは……ないよね？」

「う、ううう……」

少し涙目になるシノブを横目に、タイショーは最後のプリンをイングリドに手渡す。

「本日最後のプリンです。よく味わってお召し上がりください」

「ああ、ありがとう。でも、いいのかい？」

「構いません。どうぞ召し上がって下さい」

さすがに怨嗟の声を漏らすことはないが、シノブのこめかみがひくひくと動いているのをエーファは見逃さなかった。

シノブも余程プリンが食べたかったのだろう。

二つ目のプリンも美味い美味いと絶賛し、イングリドは器を洗う必要のないほど綺麗に食べて、帰って行った。

あの様子なら、店にもまた来てくれるだろう。

二人が帰った後、エーファはテーブルに護符が置き忘れられているのを見つけた。

青い綺麗な石の嵌まった丁寧な造りの護符だ。

シノブとタイショーは隠しプリンのことで喧嘩して手が付けられないので、護符は、神棚にそっと備えておくことにした。

【閑話】思いがけない訪問者

前の店のことを思い出すのは、久しぶりだった。

料亭ゆきつな。

信之《のぶゆき》にとっては、高校卒業からずっと働いてきた職場だ。今でも、懐かしいというよりは分かち難《がた》い身体の一部分という感覚がある。料理人矢澤《やざわ》信之という人間は、間違いなくあの店で形作られたからだ。

老舗《しにせ》の料亭として少しは名の知れた暖簾だったが、時代が悪かった。景気の悪化で真っ先に削られるのは接待費だ。料亭の上客の足は次第に遠のく。

先代社長が鬼籍《きせき》に入って、後を継いだ長男はその状況の変化に対応できなかったのだ。

新しい客は増えず、上客は次第に一線を退《しりぞ》いていく。売上が下がれば利益も下がる。打てる手は年々減っていき、楽観は悲観に変わる。

一度歯車がおかしくなると、全てが段々駄目になるものだ。気が付いた時には、何もかも手遅れになっている。

そういう店で、信之は働いていた。

ラインホルトから譲って貰ったタコを、大根で叩く。

こうしてやると、塩揉みするだけよりもぐっと柔らかくなるのだ。大根に含まれる成分が作用するだけでなく、叩いてやることによって身もほぐれる。

ゆきつなの板場で、師匠から教わったことだった。

今日はこれを柔らか煮にして店に出す予定だ。ラインホルトのタコは北の海の荒波にもまれて身がしっかりしているのが魅力だが、旨みもしっかりとしていた。煮ても、絶対にいい味になる。

古都《アイテーリア》の秋は寒さが厳しい。熱燗《あつかん》に合う肴は歓迎されるだろう。

いつもならもうしのぶが来ていてもおかしくない時間だったが、今日はまだ姿が見えない。

昨日の晩、プリンのことで少しからかい過ぎたのだ。

最終的に商店街のケーキ屋でちょっといいプリンを買ってくるということで決着が付いたのだが、あのしのぶのことだ。

一晩明けて喧嘩自体が馬鹿馬鹿しく、気恥ずかしくなったのだろう。

それは、しのぶが料亭ゆきつなの社長令嬢だった時分から変わらない。

タコを十分に叩き終えたので、次は今朝引いた出汁《だし》の味を確認する。

最近は、客の反応を見ながら毎日少しずつ出汁の味を変えていた。

古都に溶け込む居酒屋のぶにしたい。いつまで愛される、そんな居酒屋だ。

今は常連で賑わうこの店だが、いつかは飽きられてしまうのではないか。そういう恐怖は、常に信之の中にある。

料亭ゆきつなの二の舞には、したくない。その為には、自分の中に確固たる柱が欲しいのだ。

ゆきつなで学んだことと、古都の人たちの好み。

二つを繋ぐ、一本の柱を、信之は探し続けている。見つけることができれば、店の助けになるはずだ。

出汁の具合を大学ノートにメモしていると、裏口で何か音がした。

しのぶが漸く重役出勤してきたのだろう。軽口の一つも叩いてやろうかと思ったが、昨日の今日だ。

冷蔵庫の中のプリンをもう一度確認して、しのぶを待つ。

しかし、妙なことに裏口の物音は続いている。

まさかあのしのぶが鍵を忘れたということはないはずだ。料亭の女将《おかみ》となるべく教育されたしのぶは、店の管理という点では誰にも負けない。

となると、裏口に居るのはしのぶではないのだろうか。

信之は昨日の晩、店を訪れた客の言っていたことを思い出す。

薬師《くすし》イングリド。

彼女が魔女というのは戯言《ざれごと》だと弟子のカミラが言っていたが、その言葉は妙に気に掛かる。

〝必要な人間しか、通さない〟

言われてみれば、どういうわけか酒屋も郵便配達も新聞の勧誘も、裏口から一歩も店の中に入った例《ためし》がないのだ。

無理に入ろうとすると、蹈鞴《たたら》を踏んだり、酷い時には転んだりもする。

なんにしても、裏口にいる人間の正体を確かめなければならない。

一度神棚に手を合わせて裏に向かおうとするが、そういえばと思って昨日の護符を回収する。

受け取った記憶はないのだが、どういう訳か今朝には神棚の前に供えられていた。不思議なこともあるものだ。

ズボンのポケットに護符を突っ込み、裏口を細く開ける。

「よっ、久しぶり」

信之は、暫《しばら》く開いた口が塞がらなかった。

こんなことがあるのだろうか。

そこにいたのは、料亭ゆきつなで信之が師匠と慕っていた、板長の塔原《とうはら》だった。

招き入れると塔原は目を細めて店内を見渡し、

「なかなかいい店じゃねぇか」と呟いた。

着古したジャンパーに角刈りの塔原は、一年半前に信之が店を飛び出した時とほとんど変わらないように見せる。

ただ気のせいか、背丈だけがほんの少し縮んで見えた。

「板長、店はどうしたんです？」

「おいおい、塔原でいいよ。お前さんはもう一国一城の主《あるじ》なんだからさ。店は今日、小山田《おやまだ》に任せてきた」

「……小山田さんで大丈夫なんですか？」

信之が店に居た頃、板長は三百六十五日、ほぼ店を空けることがなかった。休みの日でも、何くれとなく用事を作っては店を覗いていたということを、今でも憶えている。板長に次ぐ立場にいた小山田も腕はよかったが、どうしても細かなところに手を抜く癖があった。その小山田に店を任せて出てきたということは、何か変化があったのだろうか。

「いやさ、それが今日は予約の席が一件もないいんだよ」

「一件もですか？」

「そうだよ。先代の頃から、予約が途切れないことだけが密かな自慢の種だったんだがな」

ゆきつなの状況は、信之が思っていたよりも相当悪いらしい。

左前になった料亭を立て直すため、起死回生の策としてしのぶの婿《むこ》に銀行の副頭取の息子を迎えようという話まで出ていたのだ。

そのしのぶがいなくなれば、こうなるのも当然だったのかもしれない。

「ま、そういう固い話は抜きにしようや。営業はまだなんだろうが、ビールの一杯くらいは出せるんだろう？」

「はい、すぐに」

冷蔵庫から自分用に取って置いた瓶ビールを取り出し、栓を抜く。

他の客には樽《たる》からだが、塔原は瓶ビールしか飲まない。それを真似したわけでもないのだが、信之も瓶ビール党だ。

コップにトクトクとビールを注《そそ》ぐと、塔原の厳《いか》つい顔に笑みが浮かぶ。

「まさかまた矢澤の酌《しゃく》でビールを飲める日が来るとは、な。遥々《はるばる》訪《たず》ねてきた甲斐があった」

「どうやってここを見つけたんです？」

「ここのことは若社長も大女将さんも知ってるよ。興信所を使って見つけたんだ。ただまぁ、近くまで来てもどうしても覗いてみる気にならなかったそうでね」

信之はそれには曖昧な笑みを浮かべて応えず、お通しの小鉢をよそった。

タコとわかめの酢の物だ。

今日の晩出すつもりのもので、味見をしてもなかなかの出来だった。

「ほぅ、美味いな。タコがいいのか」

「ええ、新しい仕入れ先を見つけまして」

「なるほどな。諸事物価値上がりの最中にこれだけしっかりしたタコを居酒屋で出せるってぇのは、大したもんだ」

「ありがとうございます」

勝手に店を飛び出した身の上だが、こうやって褒められるとどうにもこうにも嬉しいのだ。

塔原は口に泡の髭《ひげ》を付けながら美味そうにコップを干すと、酢の物の残りも綺麗に平らげた。

「塔原さん、それで今日のご注文は何にしましょう」

「そりゃ、お前さん、決まってるじゃないか。今日、矢澤信之が一番オレに食べさせたい料理を出してくれよ」

少し迷った末に信之が出したのは、マコガレイの煮付けだ。

昨日手に入ったものに比べればほんの少し見劣りするが、これも刺身で出しても十分に勝負できる。ゆきつなでも十分通用する素材だ。

それを古都風に合せた味付けにした煮付けを、塔原に食べて貰いたい。

盛り付けの見栄えにも十分気を使い、丁寧に一皿を仕上げる。

出された皿をじっくりと見つめ、塔原はさり気なく香りを確かめた。

箸を付け、一口食べる。そのまま瞼を閉じ、塔原はゆっくりと咀嚼《そしゃく》した。

永遠より少し短い時間が過ぎ、静かに目を開ける。

「……味に、迷いがあるな」

塔原の一言が、信之の胸を刺した。

確かに、迷いはある。だからこそ、毎日味を変えているのだ。

そのことを一瞬で見抜かれ、膝が震えそうになる。

「だが、いい迷いだ」

「……いい迷い、ですか？」

「ああ、オレが仕込んだ味と、お前の目指す味の間で揺れ動いている。そうなんだろう？」

「はい」

二口目を箸で摘《つ》まみながら、塔原の口元は綻《ほころ》んでいる。

「客の好みにどこまで合わせるのか。自分の味の根っこをどこに定めるのか。本当に正しいものは何か。オレもお前さんの時分は随分と悩んだよ」

「そうだったんですか？」

「オレも人間だぜ。生まれた時から板前やってたわけじゃない。悩みもすれば苦しみもするさ」

意外だった。高校卒業から、ほとんど親代わりに信之を見てくれた塔原だ。どうしても昔からずっと今の塔原だったという気がしてしまう。

「守破離《しゅはり》なんて言葉がある。学んで、壊して、巣立つってことだな」

「守破離、ですか」

「今のお前さんは、破だな。オレの教えという殻《から》を、破ろうとしている。一番肝心な時だ」

「……壊して、巣立つ」

「答えはどこにも書いてないぞ。お前自身が見つけるんだ。お客さんに育てて貰いながらな」

お客さんに育てて貰う、という言葉は、信之の胸にすとんと嵌まる。

今の自分は、お客さんに本当に喜んで貰える料理を作っているのか。

ただ、古都にない材料で物珍しい料理を作っているだけではないのか。

「慢心は怖いぞ。気付かないうちに腕を錆《さ》びさせるからな。まぁ、矢澤の場合はそんな心配もなかろうが」

「いえ、精進します」

信之のしっかりとした返事を聞いて、うんうんと頷きながら塔原は手酌でビールを飲む。

思わずつられて飲んでしまいそうな、いい笑顔だ。

「ところで矢澤。固い話はこれくらいにしよう」

「はい、なんでしょう?」

「さっきのタコをな、アンチョビとにんにくと鷹の爪と一緒にオリーブオイルで煮てくれんか」

アンチョビやオリーブオイルという言葉が塔原の口から出たことに、信之はまず驚いた。ゆきつなに居た時は絶対に和食以外を食べている姿を人に見せなかった塔原だ。

「アンチョビなんて洒落《しゃれ》たもの、うちの店にはないですよ」

「なんだ矢澤、ここは居酒屋だろうが。料亭じゃないんだぞ。ゆきつなにいた頃はお前さんもオレに隠れてタルタルソースだのなんだの色々やっていただろうに……分かった分かった。アンチョビの代わりに塩辛でもいい。試したことはないが、多分アヒージョモドキにはなるはずだ」

「アヒージョですか?」

名前は聞いたことがある。確かスペインのオイル煮だ。

「ワインのアテにいいんだが、ビールにも合う。さっきのタコは少々身がしっかりしすぎているが、その分ちゃんと味もあるからな。にんにくと鷹の爪にも素材負けしないはずだ」

「やってみます」

オリーブオイルはしのぶが賄《まかな》いでパスタを作る時の為に備蓄してある。

材料を切ってオリーブオイルで煮ながら味を移し、一口大に切ったタコを投入する。はじめて試すので、塩辛は少なめだ。

すると、得も言われぬ香りが厨房に漂いはじめた。

「この香り、堪《たま》らんだろう？」

「ええ、食欲をそそります」

「バゲットなんかを千切ってこれに付けて食べるとな、また格別だ」

火が通ったタイミングで、タコを一切れ味見してみる。

これは、美味い。

塩辛が少し不安だったが、確かにアンチョビのような風味になっている。

にんにくと鷹の爪の相性も抜群だ。

「な、美味いだろう？」

ニヤニヤと笑う塔原の前に、小皿に盛り付けたタコのアヒージョを出す。

ついでに冷蔵庫からもう一本瓶ビールも追加した。

この味は、間違いなくビールが進む。

「ま、色々試してみるこったな。しのぶお嬢さんにも相談しながら」

「しのぶちゃ……お嬢さんにですか？」

「おいおい、しのぶちゃんって……まぁ、いい。あのお嬢さんはな、ああ見えて先々代譲りの舌の持ち主だ。宝の持ち腐れにするなよ」

「は、はい」

そういえば確かに、しのぶの味覚は鋭い。

味見をして貰うようにすれば、古都に合わせた味の研究も、今よりずっと捗《はかど》るのではないか。

「今日は色々ありがとうございます」

「何、いいってことよ。若社長も大女将も、まぁ、ああ見えて心配してたんだ。元気そうな顔を見られて安心したよ」

「しのぶお嬢さんには会って行かれないんですか？」

「オレは会って行きたいが、お嬢さんに里心が付くと何かとな」

「ああ……」

ゆきつなの危機は、去っていない。

今しのぶが店に戻れば、また問題は再燃するだろう。

そんなことは、誰も望んでいなくとも。

「さて、今日は邪魔したな」

「またのお越しを、お待ちしております」

深々と下げた信之の頭を、塔原がくしゃくしゃと撫でる。

「次は、巣立った後の矢澤信之の料理を食べさせて貰うからな」

「はい！」

裏口から去っていく塔原の後ろ姿を見送りながら、信之はもう新しい料理の味付けを考えはじめていた。

必ず、自分の味を作る。そして、塔原を唸らせるのだ。

塔原が角を曲がり、小さな背中が見えなくなったところでちょうど入れ替わりに、しのぶがやって来た。店に入るなり形のいい鼻がすんすんと動く。

「あ、大将。何か試作したでしょう。すっごく美味しそうな匂いがするんだけど」

料理に関することでしのぶに隠し事はできない。観念してさっさと白状するのが得策だ。変に隠し立てをしてもいいことはなにもない。

「ちょっと、ラインホルトさんのタコでアヒージョを試してみてたんだ」

「アヒージョ？　スペイン料理の？　珍しい。それで、私にも食べさせてくれるんでしょ？」

振り返ってカウンターを見てみると、塔原は綺麗に全部食べ終えている。

フライパンの中のタコも、味見と称して信之が全部食べ尽くしていた。

それだけ、美味しかったのだ。

「あ、えっと。でもほら、プリンがあるから……」

「こんな美味しそうな匂いがするのに食べられないなんて！」

「ご、ごめん……なさい？」

結局、信之はしのぶの為にアヒージョをもう一度作ることになり、匂いを嗅ぎ付けたエトヴィン助祭にも供することになるのであった。

ナスのあげびたし

秋の夜長は独り寝には寂しいが、誰かと酒を飲むには都合がいい。

熱々のオシボリで手を拭うと、まずは冷えたトリアエズナマを一口。

喉越しが消えないうちに、壁に貼り出された品書きを見渡して今日の作戦を考える。

一人で来る時とは戦い方を変えなければならない。まして今日の同行者をノブに連れてくるのははじめて。配慮した注文にしなければならない。

いつもはチビチビとアツカンを嗜《たしな》むエトヴィンだが、今日はたっぷりと楽しむ予定だ。そのための軍資金も懐《ふところ》に仕舞い込んである。普段からのツケを払ってもまだ、余裕があった。

「シノブちゃん、エダマメとパリパリキャベツとワカドリのカラアゲを頼む。それと、今日はカマメシの支度《したく》も」

「今日は随分と食べるんですね」

「飲まんとやっておられんということもあるよ」

お酒を愛するエトヴィンは憂《う》さ晴らしで飲むのを好まない。お酒に対して失礼だからだ。

酒と向き合う時は、真摯《しんし》でなければならない。

その持説を枉《ま》げてまで痛飲しようと決めたのは、同道者のせいだ。

「こんな店を知っているというのは、エトヴィン翁《おう》らしいですね」

柔和な笑みを浮かべる糸目の僧の名は、トマス。

聖王国《ルプシア》の出身で、この辺りでは珍しい黒髪をおかっぱに切り揃えている。

甘い顔立ちは女性の人気が高く、トマスが聖句を読み上げる当番の日には聖堂に押しかける女性の化粧がいつもより丁寧になるというのは古都《アイテーリア》では有名な話だった。

歳こそ若いが優秀な神学の徒で、位階はエトヴィンよりも上である。

「酒に溺れるな、という厭味《いやみ》かね？」

「まさか。飲んでいる葡萄酒《ヴァイン》の量ならエトヴィン翁よりも聖王国におわすやんごとなき方々の方が余程多いでしょう。飲酒の習慣と敬虔《けいけん》さの間には関わりはありませんよ」

本気で言っているのかどうなのか。

そう言いながらも自分では一滴も酒を飲まないトマスのことを、エトヴィンは少し苦手に思っている。責められない方が責められるよりも良心を苛《さいな》むというのはよくあることだ。

「それで、大殿様からの話というのはなんだったんですか？」

「ああ、少しの間、古都を離れることになる。今日呼んだのは、その間の課業の代わりを頼もうと思ってな」

「それはそれは」

エトヴィンが古都を離れるのはこれがはじめてのことではない。

大貴族の愚痴《ぐち》を聞いたり御伽噺《おとぎばなし》を話して聞かせたりと、エトヴィンは古都の教会の渉外の一翼を担っている。適材適所。外向きの仕事に向かないトマスはその間、エトヴィンの仕事を肩代わりしてくれるというわけだ。

今回のこともトマスならば断らないだろうという打算があって呼んだのだが、トマスもそのことには気付いていているだろう。

それにこの店の料理なら清貧《せいひん》主義で菜食を好むトマスの口にも合うかもしれない。真面目な相手というのはもてなすにも気を遣う。

「聖王国まで旅をすることになるからな。今のうちにたっぷり飲んで、命の洗濯を済ませておこうというという寸法じゃよ」

「あちらにも美味しいものはあるでしょうに」

「その店その店の味というものがある。聖王都の黒瓜貝《くろうりがい》の葡萄酒蒸しがどれほど美味くても、この店のシオカラには代えられんからな。ああ、シノブちゃん、シオカラも追加で」

やれやれと首を振るトマスは、先ほどからエダマメを少し摘まむだけだ。

清貧の誓いを立てているこの僧は、肉や魚を食べない。宴席で供《きょう》されれば少し口にするが、自分から食べるということは全くないと噂されている。

食道楽の気があるエトヴィンとしてはなんとも勿体《もったい》ないことだと思うのだが、それも彼の生き方だ。気にしてもはじまらないと思いつつ、せっかくの酒食を楽しんでいる時に隣でにこにこと座っていられるとどうにも具合が悪い。

「どうだろう、トマス。ここには色々と美味い食べ物がある。何か頼んだらどうだ？」

「いえ、私はミルクとこのエダマメとキャベツがあれば結構です」

お前さんが結構でもこちらが結構ではない、と喉まで出掛かるが、エトヴィンは寸《すん》でのところで暴言を飲み込んだ。

それに、トマスも意外にパリパリキャベツは気に入ったらしい。

さっきからこちらの様子をちらちらと窺《うかが》いながら、躊躇《ため》いがちに手を伸ばしている。簡単な肴だが確かにはじめて食べると病み付きになる味だ。

「お前さんがミルクばかり飲んでいるのを見ると、聖王都時代の後輩のことを思い出すな」

「その方もミルクを？」

「ああ、顔も名前も思い出せんが、ミルクを飲んでいたのはよく憶えているよ。確か好いた女がいたんだが、そちらの方が随分と背が高くてな。相手の方も満更《まんざら》ではなかったようだが、本人は背の低いのを気にして思いをなかなか打ち明けられなかった」

そう言えばあの女の方はどうしているのだろうか。ちょっとした事件で聖王都を去ったはずだが、その後の消息は聞いたことがない。飲み屋のツケは随分と払ってやった気がするが、忙し過ぎて記憶が定かではなかった。

それもその筈で、もう何十年も前のことだ。目の前のトマスよりも若かった頃の話など、最近は思い返すこともほとんどない。

「聖王国へは何をしに行くんです？　大殿様の付き添いで巡礼旅行にでも？」

「あの爺さんも随分と歳だから、最近は寝たり起きたりじゃよ。旅行などとてもとても。隠居しようと放蕩息子を連れ戻したのが、今度は吟遊詩人になるとか言いだしたらしくて随分怒っておった」

トマスの目がうっすらと開かれる。どちらが爺さんだ、と思っているのだろうが、口には出さないだけの分別は持ち合わせている。さすが将来を嘱望《しょくぼう》されている僧は違う。

「となるとますます分からないな。助祭は何をしに聖王都へ？」

「……ヒュルヒテゴットに会いに」

ただでさえ細いトマスの目が、さらに細められる。

濃紺の枢機卿《すうききょう》衣を纏《まと》う者の中で最も法主《ほっす》に近いとされる人物の名にはそれだけの力がある。

「枢機卿の名が出るとは穏やかではありませんね」

「古都に御出座願うことになるかもしれない」

「ほう」

古都は勅書《ちょくしょ》によって自治を認められた帝国直轄《ちょっかつ》都市だ。土地と関わりの深い管区大司教でさえ、古都の中に居館を構えることはできないという決まりになっている。枢機卿が訪《おとず》れるとなれば帝国に届出を出す必要がある。

それだけの用事、ということだ。重要性を、トマスも察したらしい。

運ばれてきたシオカラにハシをつけてから、そろそろアツカンに切り替えるかと考える。

「枢機卿を呼ばねばならぬほどの事態ということですか」

「助祭風情の口からは言えんなぁ」

人差し指を薄く形の整った唇に当て、トマスが考え込む。

エトヴィンがなんの用事で出掛けるのかを伝えないのは、政治的な配慮でもある。

トマスは口の軽い男ではないが、世慣れしていない学僧にとっては美徳である誠実さと朴訥《ぼくとつ》さを持っていた。聖堂の司祭に何かか尋ねられれば、答えてしまうかもしれない。それはエトヴィンの望むところではなかった。

「……大司教のことでしょうか」

「さてな」

そうだともそうでないともエトヴィンは答えない。大司教が妙な動きをしているという噂は、エトヴィンの耳にも届いている。

公務以外のことに精を出し、怪しげな小者も雇い入れているという。

「枢機卿の座を狙っているようです。そのために随分と強引な金集めも」

「それくらいなら誰でもやっておるじゃろう。向上心まで否定することはできんよ」

「しかし、バッケスホーフ商会とも繋がっていました」

バッケスホーフという名を呟《つぶや》く時のトマスの苦々しげな表情に、エトヴィンは少し驚いた。

俗事には全く関心がないと思っていたトマスがこういう表情を浮かべるのは意外だ。

エトヴィン自身もバッケスホーフにはいい思い出がない。

居酒屋ノブを我が物にしようと、ラガー密輸の疑いを掛けたのが、当時市参事会の議長をしていたバッケスホーフだった。

それだけではなく、衛兵隊のベルトホルトの新妻に手を出そうとしたので、エトヴィンがそれを防ぐために骨折りをしたこともある。

「バッケスホーフは人間の屑《くず》だが、金に貴賤《きせん》はないよ。寄附された時点で浄財だ」

「そんな綺麗ごとが通じる相手でもないでしょう、バッケスホーフは。聖堂のことにも随分と口を出してきました」

嫌悪感を剥《む》き出しにするトマスを見て、エトヴィンは漸く理由に思い当たった。

聖堂が中州に所有していた菜園が、市参事会に取り上げられたことがあるのだ。確か今年の春先だったと聞いている。まだ、エトヴィンが古都に赴任する前の話だ。

跡地には市民のための休憩所か何かが建てられたはずだが、要するに嫌がらせである。

古都という城壁の中でも、聖職者と世俗の対立は如何《いかん》ともしがたい。

その時の市参事会の代表がバッケスホーフで、交渉に当たったのがトマスだった。

「あの菜園はいい菜園でした。今の時期なら……」

「芋《いも》かな？」

「いえ、ナスです。旬は終わりかけていますが、いいナスが獲れたのです」

菜園のナスが如何に美味しかったかを語るトマスはいつになく饒舌だ。

普段は神学か哲学の話にしか関心を示さないトマスの口調が熱を帯びるのを、エトヴィンは内心で面白がっている。

これまで私的な面では敬遠してきたが、実は親しみやすい若者なのかもしれない。

トマスはもうエトヴィンの目を気にすることもなくパリパリキャベツを食べている。話に熱中しているのだ。目の前にワカドリのカラアゲの皿をさりげなく寄せてみるが、こちらにはさすがに手を出さなかった。

「バッケスホーフと繋がっていることは薄々知っていたが、大司教のロドリーゴはそれほど悪い奴ではないのではないかな。脇は甘いが」

「あの噂、エトヴィン翁はご存知ありませんか?」

「噂?」

ワカドリのカラアゲを摘まみながらナマを呷った。カラリと揚がったカラアゲからは肉汁が溢れ、トリアエズナマと合わせると何倍も美味く感じる。綺麗に飲み干し、口元を拭う。

「ええ、〝魔女〟の」

「ああ、〝魔女〟のか」

管区大司教のロドリーゴには、妙な趣味があった。

〝魔女探し〟だ。

教導聖省の古い資料に精通し、古典回帰派に近い人物として知られるロドリーゴだが、魔女への執心は人一倍だ。魔女の噂があれば大切な論戦を放ってでも探しに行くと言われている。

「最近また、魔女探しに凝っているようですね、大司教は」

「あそこまで行くともう、病気のようなものだろう。好きにさせてやればいいと思うが」

大司教の魔女よりも今はアッカンだ。

注文してから時間差でやってくるアッカンの前にトリアエズナマとカラアゲをうまい具合に片付けることができたので、酒も肴《さかな》も組み立てた作戦通りに進められている。

注文の順序をしくじると目の前がぐちゃぐちゃになってしまうことがあるが、今日は全てうまくいっている。こういう晩は、何もなくても機嫌がいい。

「それがどうも、聞こえてくる噂が不穏でして」

「不穏ね。あ、シノブちゃん。こちらにパリパリキャベツを追加で。あと、ミルクも」

「はい、すぐお持ちしますね」

キャベツだけでは可哀想だとも思うが、どんな料理なら食べるのか皆目見当も付かない。

とりあえずはキャベツが切れそうになったら追加するのだが、ミルクとキャベツの相性はあまりよくないのではないかと心配になる。

「……心配だな」

「ええ、大司教の手の者が軽々しく〝魔女狩り〟などと公言するのは、あまり気持ちのいいものではありません」

「え、あ、うむ、そうじゃな」

まさかミルクとキャベツの相性のことを考えていたとも言えず、エトヴィンは頷く。

しかし、〝魔女狩り〟というのは初耳だ。

エトヴィンの知る限り、ここ百年ほどはそんな騒ぎはなかったはずだ。

「絶対に許すべきではありませんよ。魔女狩りなんて、時代錯誤です」

「全くだ」

頷きながら、本当に大司教が魔女狩りなど企《くわだ》てるだろうかと考える。

妙な奴に躍らされていなければいいと思いながらアツカンを味わうのだが、向かいに座るトマスにはまた、別の考えがあるらしい。

神学や哲学に造詣《ぞうけい》の深い彼にはまた、違った風に物事が見えているのだろう。

若者らしい直截《ちょくせつ》的な怒りの感情が、エトヴィンは嫌いではない。古い時代を変えていくのはいつも、そういう無軌道な熱意だからだ。

「よし、今日はこのエトヴィンが奢《おご》ろう。じゃんじゃん飲むぞ」

聖王国までの往復の旅費は件の貴族から預かっているが、帰りは枢機卿と一緒になる。余った分は余禄として飲み代に使っても問題ないだろう。

「飲むといっても、私はミルクしか飲みませんよ」

「じゃあ、食べよう。何か食べたいものはないのか」

「食べたいもの、ですか……」

そう言って壁に貼られた品書きをぐるりと見回すトマスの視線が一点で止まるのをエトヴィンは見逃さなかった。

「ふむ、ナスか」

ナスのアゲビタシ。

この料理はまだエトヴィンも食べたことはない。

　ノブの出す料理の数が膨大過ぎるのだ。古都はおろか、聖王都の酒場でもこれほどの品数を出す酒場はほとんどないだろう。常連のエトヴィンでも、全てを食べ尽くしたわけではない。

　最近少しずつノブで使われている料理名に法則性を見出してきたエトヴィンの理解では、アゲビタシだからカラアゲやタツタアゲ、カキアゲのように揚げ物だろうという予測は付いた。

　ナスは油との相性がいいから、揚げたナスというだけで唾がこみ上げてくる。

　となるとアツカンよりもレーシュだろうか。

「シノブちゃん、このナスのアゲビタシを追加で！　後、レーシュもな」

「はい！」

　元気よく返事をするシノブの姿に目を細めていると、トマスが慌ててエトヴィンの袖を引く。

「エトヴィン翁、頼んでも私は……」

「なに、お前さんの口に合わないなら、ちゃんと儂《わし》が食べる。心配は無用だ」

　それほど待つことなく、シノブが深皿を運んできた。

　エトヴィンの予想に反し、揚げ物ではない。

　いや、揚げてはいるのだ。一度揚げたナスを出汁に浸《ひた》している。

　トマスの方はと視線を向けると、ちょうど喉元が動くのが見えた。生唾を飲んでいるのだ。

　学僧にはナス好きが多い。

　聖王都の夏といえば、トマトとナスだ。パスタにも煮物にも、ありとあらゆるところにナスは顔を出す。飽きるほどに食べさせられてうんざりするのだが、聖王都を離れると懐かしくなる。

ナスとトマト、それに加えてアサリは学僧出身者が懐かしく思う、いわば第二の故郷の味だ。

トマスもその例には漏れないらしい。

「ま、まぁ、エトヴィン翁がどうしてもと言うのなら、少し食べてみますかね」

いつもの沈着冷静さはどこへやら、トマスの視線は深皿に盛られた濃紺の宝石から離れない。

こういう表情を見るとエトヴィンにもちょっとした悪戯《いたずら》心が芽生えようというものだ。

「ああいやしかしな。司祭であるトマス殿は清貧の誓いを立てた身。よくよく考えてみれば無理にこのようなものを食べさせるのはいささか気が引ける」

「いえ、供された食事は残さず食べるのも清貧の誓いのうちです」

「無理はせずともよいのじゃよ。代わりに食べるのは引き受ける」

ニヤニヤと笑いながら焦《じ》らしていると、さすがのトマスも痺《しび》れを切らしたらしい。

「ああもう、意地悪をしないでください！　いただきます！」

フォークを持つと、トマスはナスのアゲビタシを口に放り込む。

一噛み、二噛み。

噛み締める度にトマスの顔が蕩《とろ》け、幸せそうな笑みに包まれていく。

元が美男子なだけあって、美味しいものを堪能して溶け崩れる表情もまた美しい。

見ているこちらまで多幸感に当てられそうになりながら、エトヴィンもナスのアゲビタシにハシを伸ばす。

口に入れた瞬間、中で幸せが広がった。

とろとろのナスが吸った出汁が口の中で溢れ、旨みの洪水がエトヴィンを襲う。

これは美味い。

予想した通り、レーシュが合う。

エトヴィンがレーシュを頼む時は、水を入れるのと同じものに、なみなみと注いで貰う。キリコというレーシュ用の小さなグラスでちびちびやっていたのでは、お代わりが追いつかない。

秋のナスが美味いことは知っていたが、居酒屋ノブの手にかかるとこれほどまでに芸術的な料理になるとはと内心で舌を巻く。

これから聖王国へ行くことを考えれば、次にナスのアゲビタシを食べられるのは来年の夏。

これはしっかりと味わっておかねばなるまい。

もう一つ食べようとハシを伸ばすが、しかし皿の中は既に空になっていた。

見れば最後の一切れの秋ナスをトマスが口に運んでいる。

「トマス殿、その一切れは……」

怨嗟の声を漏らすエトヴィンに向けるトマスの笑顔は輝いていた。

「今日はエトヴィン翁の奢りなのでしょう?」

手を挙げてシノブを呼ぶと、トマスは次々と料理を頼みはじめる。

「ナスのアゲビタシとナスのアサヅケ、テンプラのナス、ニクヅメナスとヤキナスもお願いします」

「お、おい、トマス殿、それは少し……」

頼み過ぎだと言おうとして、妙なことに気付いた。

元々糸目なので気付かなかったが、トマスの目がとろりと溶けている。

まるで酒にでも酔っているように……

「あっ」

レーシュの減りが、妙に早い。

水のグラスと同じなので、どうやらトマスは間違って飲んでしまったらしい。

そういえば吐く息にも酒精の香りが漂っている。古都に住む人の中でも、先祖が北から来た人々の中には酒に弱い者もいる。

「さぁ、エトヴィン翁。神学のこれからについて熱く語りましょう。秋ナスもまだまだあります」

「あ、ああ、そうだな」

運ばれてきたニクヅメナスから肉の部分を取り除いてやりながら、エトヴィンは頷く。

トマスは酒を飲まないのではなく、飲めなかったのだ。

飲めないものを誤って飲ませてしまったのは悪いと思うのだが、今日のトマスは普段から想像もできないくらいに明るく楽しそうだ。

明日は後悔に苛まれることになるのだろうが、それもまた経験である。

少し不安だったが、トマスなら旅の間も教会の仕事をこなしてくれるだろう。

グラスのレーシュを呷りながら、エトヴィンはトマスに負けじとナス料理にハシを伸ばす。

聖王都への出立までに、もう少しノブの味を堪能しておきたかった。

秋の味覚の天ぷら

普段とは客層が違う。

そのことにしのぶは暖簾を掲《かか》げてすぐに気が付いた。馬丁宿通りを行き交う人々の間に漂う空気が、少しおかしい。言葉にはしにくいが、いつもよりも少し荒っぽいのだ。

のぶに来る一見の客の態度もどこか剣呑《けんのん》だ。衛兵コンビや中隊長も顔を見せていない。

そんな中でホルガーは当然のような顔をしてカウンターの一隅に席を占めて焼きそばを食べながらビールを飲んでいる。

ホルガーの手には、数日前にイングリドが置いていった護符《アミュレット》があった。

不思議な意匠の護符について、どういう由緒のものか見て貰いたいと信之が言い出したのだ。

だが、誰に頼めばいいのか皆目検討《かいもく》も付かない。常連の中でも物知りとして知られる衛兵のニコラウスも投げ出したので、鍛治《かじ》職人ギルドのマイスターであるホルガーに白羽の矢が立ったという訳だ。硝子職人ギルドのローレンツは早々に匙《さじ》を投げてラガーを叩っている。

「悪いがオレじゃさっぱり分からんね。こういうのはその筋の奴にしか分からんよ。呪《まじな》い師とか、それこそ魔女だとか」

「魔女の知り合いはいねぇなぁ」とローレンツも相槌《あいづち》を打つ。

確かに言われてみればそうなのだが、しのぶには呪い師の知り合いも魔女の知り合いもいない。

一番近そうなのが薬師《くすし》のイングリドだが、まさか貰ったものの鑑定を頼むわけにもいかないだろう。ホルガーが駄目なら、もうお手上げだ。

「そういえばホルガーさん、今日は何かあるんですか?」

いつもより騒々しい店内を見回しながらしのぶが尋ねる。

「ああ、参事会でも寝耳に水だったんだが、大司教が来てるらしいんだよ。暫《しばら》くこっちに滞在するって話だ」

大司教と聞いて、エーファが驚いた表情を浮かべた。

ヘルミーナは知っていたのか、少し困ったような顔をしている。

しのぶには教会の偉い人、というくらいのぼんやりとした印象しかない。

「大司教って?」しのぶが尋ねると、エーファが小さく咳払いをして応える。

「大司教というのは教会の位階の一つです。助祭、司祭、司教、権大司教の上ですね」

エーファの言葉にホルガーが頷いた。

「そのお偉い大司教様が来るということで衛兵隊は総動員。急な話で慌てた俺達参事会は目抜き通りからガラの悪い奴を全部叩き出したって訳だな」

ガラの悪いという言葉に反応したのか、テーブル席で屯《たむろ》している酔客《すいきゃく》の一団がホルガーの方を鋭く睨《ね》め付ける。だが、当の本人は気にした風もない。

なるほど、表通りを追い出されたあまり品のよくない客が馬丁宿通りまで避難して来ているというわけだ。

大司教が暫く滞在する、という話を聞いてしのぶはげんなりしてしまう。

つまり、こういうお客が馬丁宿通りを我が物顔で歩くのは今日だけではないということだ。

滞在があまり長いようなら、商売にも差し障《さわ》る。

注文されたイワシの塩焼きと白菜の煮物を他の一見客に運んでいると、テーブル席の方できゃっという悲鳴が上がった。

ヘルミーナだ。

「ちょっと！　何をしているんですか！」

しのぶが声を張り上げると、ヘルミーナの手首を掴んだゴロツキが口元だけで厭《いや》らしい笑みを浮かべる。

「酒も肴《さかな》も言うことなしのいい店だが、ちぃとばかし給仕の仕方がよそよそし過ぎると思ったんでね。こちらのお嬢さんに少しお酌《しゃく》のやり方でも教えてあげましょうという親切心さね」

「ふざけないで下さい！　ここはそういうお店ではありません！」

「おぅおぅ、怖い怖い。じゃあ、どんな店だっていうんですかねぇ。馬丁宿通りのうらぶれた酒場がそんな大層な店かい？」

ちらりと見ると、信之は既に一番太い麺棒を持ってカウンターの中から出てくるところだ。ホルガーもいつの間にか立ち上がり、腕まくりをしている。正に、一触即発《いっしょくそくはつ》という雰囲気だ。

「ちょっと、待った」

しかし声は思わぬところから上がった。テーブル席の一番奥で、静かに飲んでいた若者だ。

金髪を馬の尻尾のように頭の後ろで束ね、顔には無精髭まで生えている。どこからどう見ても遊び人風の若者だった。ちょっと見とれてしまいそうな美形だ。

「何だニィちゃん。やろうってぇのか？」

「お酒はもうちょっと静かに飲むもんだ。違うかい？」

そう言うと若者はゴロツキの腕を捻《ひね》り上げ、然して力も込めずに地面へと転がす。まるで手慣れたもののような早業《はやわざ》だ。

ヘルミーナを庇《かば》うように背中の方へ回すと、小さく口笛を吹いてみせた。

「野郎、舐めやがって！」

ゴロツキの仲間たちがテーブルから立ち上がる。

だが、金髪の若者の態度は悠然としていた。まるで鼻歌でも歌い出しそうな雰囲気である。

「くたばれッ！　この野郎！」

「この野郎じゃない。こんな放蕩者《ほうとうもの》でも、親から貰ったアルヌという名前があるんでね。できればそっちで呼んで貰えると嬉しいんだが」

「ふざけるな！」

しかしアルヌに殴りかかったゴロツキは、急に床に倒れ込む。

しのぶの目には、アルヌが相手の勢いを使って転ばせたのが見えた。

柔道よりも、合気道に近い。

乱闘になるかとエーファの頭を抱き込んだしのぶだが、想像していたような事態にはならないようだ。まるで力を込めた風はないのに、相手が床に転がされていく。

ゴロツキ達とアルヌの実力が懸絶《けんぜつ》している。

しかも、腰の引けたゴロツキ達の後ろには、指を鳴らしながら笑顔を浮かべるホルガーと、静かに怒気《どき》を滾《たぎ》らせている信之が待ち構えていた。

「く、くそっ！　覚えてろよ！」

「三流のゴロツキだと思ったが、逃げ口上までも三流だな。せめて何か一つくらいは取り柄を持って欲しいものだ」

ズボンの埃《ほこり》を叩くアルヌに、ヘルミーナが深々と頭を下げる。

「あ、あの、ありがとうございました」

「いやなに。当然のことをしたまでですよ」

甘い声のアルヌは所作まで芝居がかっているが、その一々が様になっている。

しのぶの好みのタイプではないが、エーファは見惚れているようだ。

「なんにしても助かりました。えっと、アルヌさんでしたっけ？」

「いえ、シノブさんでしたか。もう少し穏便に事を片付けられればよかったのですが、騒がせてしまってすみません」

「お礼と言ってはなんですが、今日の御代は店で持たせて頂きます」

「ああいや、お気持ちだけ頂いておきますよ。こんな形《なり》をしていますが、自分の食い扶持《ぶち》くらいは自分で稼げる甲斐性は持ち合わせているつもりですから」

そう言われてしまうともう何も言い返せない。

信之の方を見ると、小さく肩を竦めるだけだ。

ヘルミーナも、何も言えずにまごまごとしている。

そんな中、エーファがホルガーの席にあった護符をそっと手に取った。

「タイショー、これをアルヌさんへの御礼にするというのはどうですか？」

「護符か。でも受け取ってくれるかな」

「私のおじいちゃんが言ってました。遊び人は験《げん》を担ぐから、護符や御守りが好きなんだって」

「へぇ、そういうものなのか」

エーファから手渡された護符にほんの一瞬目を細めると、信之はアルヌに丁寧に差し出した。

「当店の看板娘の一人がそう言ってるんだが、貰って頂けませんかね？」

「そういうことなら、喜んで」

アルヌはまるで品のよいどこかの御曹司《おんぞうし》のような恭《うやうや》しさで護符を受けとり、エーファとヘルミーナ、そしてしのぶに頭を下げる。

「北方では幸運の女神は三柱いるという。女神から授《さず》けられた護符なら、さぞかし御利益《ごりやく》があるでしょう」

気取った台詞だが、この男が言うと妙に色気がある。

「さ、この件はこれでお仕舞いにしましょう。さっき別のテーブルの人が食べていたんですが、テンプラ？　というのが食べてみたい」

「はい、すぐに！」

しのぶが返事をし終える前に、信之はもう調理を始めていた。

それぞれの食材に合わせて、天つゆと抹茶塩《まっちゃしお》が用意される。しのぶの説明を聞くアルヌは珍しそうに抹茶塩を見つめると、小指の先に付けて舐めてみたりもする。

ほどなく揚がった天ぷらが、次々とアルヌの前に運ばれてきた。

大海老《おおえび》を中心にしているが、季節の食材を取り揃えた立派な盛り合わせだ。

しゃくり。

小気味のよい音を立ててアルヌが天ぷらを齧《かじ》る。

舞茸《まいたけ》の天ぷらだ。居酒屋のぶの品書きの中でもこれは人気が高い。

シャクシャクとした食感のよさはきのこの天ぷらの中でも一、二を争う。

カウンターに移ったアルヌが食べる様子を、エーファとヘルミーナがじっと見つめている。

「これは……凄い」

「お口に合ったようでよかった。さぁ、どんどん召し上がって下さい」

信之が揚げて油を切り終えた分から直接アルヌの皿に盛っていく。

椎茸《しいたけ》、しめじにエリンギなどのきのこにはじまり、オクラ、蓮根《れんこん》、獅子唐《ししとう》や、イワシにイカにタコと控えている食材は多い。

天つゆをたっぷりつけて食べるエリンギのしっかりした歯応えと、オクラのねっとりと後を引く味わい。蓮根のほっこりした揚げ具合に、旬のイワシ。大ぶりなイカを豪快に揚げたイカ天は噛めば噛むほど味が出る。

それをアルヌは次々と口に運んでいく。

まるで食べ盛りの子供のような勢いだ。

あまりに慌て過ぎて、喉に詰まりそうになるのをビールで流さねばならなくなる。

「テンプラというのがこれほどのものとは。揚げ物はいろいろ食べたことがあるが……これにして正解だった。イーサクにも食べさせてやりたいな」

「イーサク？」としのぶが尋ねると、アルヌは天ぷらを食べる手を止めずに少しはにかんだ笑みを浮かべる。

「私の友人でしてね。無二の親友です」

「それは是非、今度連れてきて下さい」

「ああ、イーサクは美味いものに目がないから」

アルヌは貪《むさぼ》るように天ぷらを平らげてゆく。

フォークで刺す、口に運ぶ、噛む、飲み込む、フォークで刺す、口に運ぶ、噛む、飲み込む……見ている方が気持ちよくなる食べっぷりだ。

両隣でその様子を見ていたホルガーとローレンツの喉が揃って鳴る。二人は同時に注文の手を上げた。

「シノブちゃん、こっちにもテンプラを頼む」

「俺にもテンプラを、その、なるべく早く」

「はい、秋の味覚の天ぷらですね。ありがとうございます」

慣れているだけあって信之の手際はよい。

だがそれでも皿が空になる程に、三人が食べるのもなかなか速い。

「そんなに急いで食べなくても、天ぷらは逃げませんよ」

「いや、しかしシノブちゃん。逃げはしなくても、冷めはするからな」

「揚げ立ての一番美味いところを食べるのが、料理と作ったひとに対する精一杯の真心というものだろう?」

そんなことを言いながら頬張る二人だが、アルヌだけは天ぷらを味わいながら、何事かを独り呟いている。

「このサクリサクリとした食感の絶妙さと来たら、まるで初夏の砂浜を少女が裸足で歩くが如き……いや違うな。満天の秋空を埋め尽くす星々の如き」

「アルヌさん、それって詩か何かですか?」

「ああ、実は吟遊《ぎんゆう》詩人を目指しているんですよ」

「吟遊詩人……ですか」

その割にはあまり、と口に出しかけてしのぶは慌てて止めた。

こちらの世界の詩がどういう物かは分からないが、天ぷらに夢中になっている二人やヘルミーナ、それにエーファの反応を見ても、アルヌの詩はそれほど巧《うま》くはないようだ。

女性の扱いや見栄の切り方は堂に入っているのに、どうにも詩作は雅趣《がしゅ》に欠ける。そういう種類の人なのだろう。

「あ、アルヌさんは、どんな種類の詩を歌うんですか?」

「それが今まで悩みの種だったのですよ。ベーデガーのように戦争と英雄について歌うか、ディースターヴェクのように自然の美しさを歌い上げるか、はたまたアイネムやガームリヒのように儚《はかな》く切ない恋の歌を選ぶか」

「は、はぁ」

熱に浮かされたように名を挙げていくアルヌだが、当然しのぶはその中の一人たりとも知らない。詩のジャンルは元の世界とあまり変わらないんだな、と思う程度だ。

いつの間にか立ち上がったアルヌの演説には身振り手振りが加わる。

「だが、今日この居酒屋ノブに出会ったのは運命だと思うのです。目指すべき方向性は、たった今決まりました。クローヴィンケルです。クローヴィンケルのように、オレは料理と美酒についての歌を歌う。いい考えだと思いませんか！」

叫ぶように宣言する様子を見て、しのぶは気付いた。

このお客は、酔っている。それも、かなりの泥酔《でいすい》だ。

古都《アイテーリア》の人間は相当に聞こし召しても、顔に出ない。

度を過ごしても、少し赤くなるか、目がとろんとする程度だ。だからしのぶの目をしても気付けないことがある。

アルヌに出したのはビールをジョッキに一杯くらいだったはずだが、と思いつつ、宥《なだ》めて椅子に座らせた。

いったいどうするべきか。

友人だというイーサクを探してきて貰おうにも、衛兵達は大司教の警護だとかで今日は店に顔を出しそうもない。

そんなことを考えていると、店の軒先が妙に騒がしくなった。

「アルヌって野郎を出して貰おうか！」

硝子戸をそっとずらして隙間から外を見ると、さっき見た顔の男たちが居酒屋のぶの前に集結している。

耳に障《さわ》る胴間声《どうまごえ》で喚《わめ》き立てるのは、先程アルヌにいいようにやられたゴロツキ達だ。五人程度ではアルヌ一人に勝てないと踏んだのか、倍に増えて十人はいる。

「どうしよう……」

蒼白になるしのぶの肩を、アルヌがそっと叩いた。

「大丈夫。任せて下さい」

言うが早いか、アルヌは単身硝子戸の外へ勇躍《ゆうやく》する。制止する間もない。

一番大きな声で怒鳴っていた男の鼻っ柱に気持ちのいい一撃を叩き込むと、そのまま後ろにするりと回り込んで首を絞めた。

「おっと、お前さんたち。あまり迂闊《うかつ》に動かん方がいいぜ。オレは今、丁度いい塩梅《あんばい》に酔いが回っている。うっかりすると加減を間違えるかもしれん」

あまりの手際のよさに、これまで数を頼んで蛮声《ばんせい》を上げていた男たちは気まずそうに押し黙り、一歩後退《あとずさ》る。

その様子をとろりとした酔眼《すいがん》で眺めながら、アルヌは手近な男を顎でしゃくった。

「そこのお前、こいつの命が惜しければ、仲間の財布を集めろ」

「えっ、いや、恐喝するのか？」

「恐喝？　莫迦《ばか》を言うな。さっきお前さんの愉快な仲間たちがこの店で乱暴を働いた時、金を払わずに出て行ったからな。その代金だ」

「それにしては多過ぎ……」

「利子《りし》と勉強料だよ。さっさと払え！」

「は、はい……」

半分泣き出しそうに仲間の財布を集めるゴロツキの情けなさを見て、首を絞められている頭目《とうもく》が苦しそうに呟く。

「その手際とやり口、お前まさか……〈酔眼〉のアルヌか？」

「だから名乗っただろう。オレはアルヌだって」

その名前を聞いて、これまではまだ殴りかかる機を窺《うかが》っていた様子の男たちも一気に腰が引けた。明らかに戦意を喪失している者もいる。

「お、おい、〈酔眼〉のアルヌって……」

「数年前、たった二人で古都のゴロツキを〆て回った伝説の男だよ……古都からいなくなったって話だったのに」

「何か弱点はないのか？」

「二つだけ、ある。だが……」

「おい、なんだよ」

ゴロツキ達の間に細波《さざなみ》のようにざわめきが伝播《でんぱ》していく。

アルヌの弱点、という言葉に、しのぶと信之は顔を見合わせた。どんな弱点があるというのか。

「〈酔眼〉のアルヌは……その名の通り、酒に弱い。エール一杯で泥酔するほどだ」

「そんなのが喧嘩の役に立つか！　もう一つはなんだ？」

「それは……詩が、下手なんだ」

その言葉を聞いて、アルヌが叫んだ。

首に腕を回していたゴロツキの身体を軽々と持ち上げると、詩の腕前について評したゴロツキの方にぶん投げる。

そのまま、驚いたゴロツキの一人が取り落とした木の棒を拾い上げると、激昂《げっこう》して群れの中に躍り込む。その動きは先程の優美な技とは打って変わって、凶暴そのものだ。

「あ、ああ……」

しのぶと信之たちの見ている前で、人間一対十の喧嘩がいつの間にか狂戦士《バーサーカー》一対人間十の戦いへと変わる。

その結果は、言うまでもない。

「お騒がせしました」

全てが終わった時、居酒屋のぶの店先で立っているのはアルヌだけだった。

ゴロツキ十人はぶっ倒され、弱々しい呻《うめ》き声を上げている。

「これ、こいつらがさっき払い忘れた分です」

そう言ってアルヌが差し出した革袋を、しのぶはおずおずと受け取った。

後は何も言わず、背中で手を振って夜の古都へ消えて行くアルヌ。

エーファが一言、

「これから、お店では詩の話はしない」と呟き、そこにいる全員がしっかりと頷いた。

生《なま》牡《が》蠣《き》禁止令

「それにしても痛快だったな」

　一杯目のトリアエズナマをベルトホルトは上機嫌に飲み干した。

　これまでなかなか尻尾を出さなかったゴロツキを十人も一度に捕まえることができたのだ。これで機嫌よく飲むなという方が難しいだろう。

「そのアルヌっていう奴にも礼の一つでも言いたいところだが」

「そういうことは喜ばない人だと思いますよ、アルヌさんは」

　笑いながらシノブがレモンを切る。甘酸っぱい匂いが客席にまで香る。

　今はまだ陽が高い。居酒屋ノブは開店準備中だが、ベルトホルトは昨日の一件の事情聴取に来て、役得の一杯で喉の渇《かわ》きを潤《うるお》しているところだ。

　今日はこのまま直帰する予定だから、報告書は明日でいい。

　思う存分飲めるというものだ。

「大司教が来るって言うんで大騒ぎをしたが、結局は自前で多少の護衛も連れてきたようだし、衛兵隊はまた元通りっていう訳だ」

「なんの用事で古都《アイテーリア》に来たんでしょう？」

「さてね。〝魔女探し〟がどうとかいう話だったが」

魔女、という言葉にシノブとエーファが顔を見合わせる。

何か心当たりがあるのかもしれないが、その辺りは大司教の話だ。ベルトホルトの関わり合いになる話ではないだろう。

「魔女が古都をウロウロしているっていう噂はあるが、別に害があるわけじゃない。サクヌッセンブルクの魔女狩りだってもう百年以上も前の話だからな。わざわざ面倒なことに大司教が首を突っ込むとも思えない」

「そ、そうですよね」

「そういえばシノブちゃん、タイショーは？」

新妻ヘルミーナにお代わりのトリアエズナマを注《そそ》いで貰いながら尋ねると、シノブは申し訳なさそうな表情を浮かべた。

「急に食べたくなったものがあるとかで、大将は仕入れに行ってるんですよ」

「タイショーが食べたくなったもの、というのは興味があるな」

興味があると言いながら、ベルトホルトには大凡《おおよそ》の見当が付いている。

ワカドリのカラアゲだ。

きっと、いい鶏が見つかったのだろう。シノブにあれだけの量のレモンを切らせているところを見ると、今夜はカラアゲ尽くしかもしれない。

思わずにんまりとした笑みを口元に浮かべていると、ヘルミーナに妙な顔をされたので、慌てて真面目くさった顔を作る。

「ただいま」

裏口の方から声がしたのでそちらを覗き込んでみると、タイショーが大きな袋を提げて入ってくるところだった。

なんだか袋の方から磯の香りがする。

ヘルミーナも同じことを思ったようで、形のいい鼻をすんすんと動かしていた。元が漁師の娘だから、香りに親しみがあるのかもしれない。

「あ、ベルトホルトさん。いらしてたんですか?」

「タイショー、今日はカラアゲ尽くしじゃないのか?」

「唐揚げ……? いえ今日はね、尽くしは尽くしでも牡蠣《かき》尽くしです」

カキ?

聞いたことのない食材だ。ヘルミーナと顔を見合わせるが、妻も知らないようだ。首を愛らしく小さく振った。

タイショーが袋の中からまな板へ、中身をごとりごとりと出していく。

それは、大振りの貝だった。

「なんだ、鉄砲貝か」

「知っているんですか、ベルトホルトさん?」

「ああ、東王国《オイリア》の辺りで荒稼ぎしている時には港町でよく食べたもんさ」

シノブに応えてやりながら、ベルトホルトの記憶は遠く東王国へと羽ばたいている。

戦場で疲れた身体に、白ワイン。そして、この鉄砲貝だ。

ちゅるりと味わうあの濃厚な味を思い出しただけで、思わず口元に涎《よだれ》が零《こぼ》れそうになる。

あれは美味い。炙《あぶ》ってもいいが、なんと言っても生がいい。

「でも、どうして鉄砲貝っていうんです?」

「そりゃあ、下手をするとズドンと中《あた》るからさ」

鉄砲というのは聖王国《ルブシア》と帝国の境辺り使われている妙な武器だ。手槍の先に鉄の筒が付いていて、そこに火薬と弾を込める。この火薬を火縄で爆発させて遠くの敵を撃つというのが本来の目的だが、もっぱら大きな音で敵や馬を驚かせるのが主な使い方だ。

偶《たま》に暴発するのが珠《たま》に瑕《きず》で、それもあって鉄砲貝の仇名《あだな》の由来になっている。

「ああ、こっちでもそうなんですね」

「たまに死ぬ奴もいる。滅多にはいないけどな」

ベルトホルトの昔の戦友の中には、鉄砲貝の所為《せい》で死んだ奴がいる。

もっとも、鉄砲貝に中って死んでもまた、鉄砲貝を食うために生き返ってきそうな奴だったから、ある意味では本望なのかもしれない。

「さて、と」

ベルトホルトはオシボリで手を清めると、期待に満ちた目で鉄砲貝を見つめた。

大きさも立派だ。あれなら、さぞかし白ワインが進むだろう。

「ベルトホルトさん、もう飲み始めようっていう雰囲気ですが」

「雰囲気、ではないよ、タイショー。今からもう飲みはじめようっていう決意を固めたところだ。この気持ちが身体から漏れ出ているんだろうな」

「いやしかし、この牡蠣は夜の分でして」

「固いことを言うなよ、タイショー。こんな美味そうな鉄砲貝を目の前にちらつかせられて、お預けというのはあまりに無体だ」

うーむと考え込むタイショーにもう一押ししてやろうと椅子に座り直すと、なぜかヘルミーナが袖を引く。

「ん？　ヘルミーナも鉄砲貝が食べたいのか？」

聞いても、自分のお腹を撫でながらふるふると首を振るだけだ。

大人しく見えて、意思表示ははっきりした嫁だから、結婚してこの方こんな反応は見たことがない。優しく肩を抱いてどうしたのか聞いてみるが、返事はなかった。

何か事情があるのだろうが、聞いても応えないならどうしようもない。気にはなるが、今は鉄砲貝だ。

「タイショー、何も手間のかかる料理は要らないんだよ。その新鮮な鉄砲貝を二、三個、生のままでだな……」

生、という言葉でまたヘルミーナが袖を引く。今度はさっきよりも強い。

振り向いてみると、何故か薄っすらと涙まで浮かべている。

「おいヘルミーナ、どうしたんだ？　なんで泣いている？」

それでも、妻は小さく首を振りながら眦《まなじり》の滴《しずく》を拭うだけだ。

「何か言いたいことがあるなら言ってくれ、ヘルミーナ」

すると、普段からは考えられない程に細い声で、ヘルミーナが囁《ささや》く。

「ベルトホルトさんが貝に中って死ぬのは……嫌です」

「ヘルミーナ……」

確かに鉄砲貝は中る。

でもそれで死ぬというはほとんどありえない。

ベルトホルトの知る限り、死んだのはたったの一人だ。

「心配はいらないよヘルミーナ。中っても精々が腹を壊すだけだ」

「駄目です。千が一でも万が一でも、死んじゃ嫌です……」

周りの目も気にせずに胸に頭を押し付けてくるヘルミーナの背中を掻き抱いていると、ふとベルトホルトの頭に閃《ひらめ》くものがあった。

「お、おい、ヘルミーナ……お前、まさか」

目を瞑《つむ》ったまま、ヘルミーナがこくりと頷く。

まだ普段と全く変わらないお腹を撫でながら、恥ずかしそうに微笑む。

「はい。授かったみたいです」

「おおおおおおおぉ！」

ベルトホルトは自分の上げている声の大きさに思わず驚いた。

自分でもなぜこれほど嬉しいのかが分からない。

まさか、という気持ちさえある。それでも、これは事実なのだ。

タイショーとシノブ、それにエーファが拍手してくれる。驚いた顔を見ると、ヘルミーナはまだ打ち明けていなかったようだ。

シノブだけは知っていたのか、満面の笑顔を浮かべている。

口々にかけられるおめでとうの言葉が心地よい。

「ヘルミーナ、お祝いだ！　何か栄養の付くものを食べないと！」

「鉄砲貝は駄目ですよ？」

「当たり前だ！　でも、今日のノブは鉄砲貝尽くしだと言うしな……」

嬉しいやら慌てるやらのベルトホルトに、シノブが微笑みかける。

「中らずに食べる方法、ありますよ」

慣れた手付きでタイショーが鉄砲貝の殻を外していく。

ナイフを捻るようにゆっくりと差し入れ、貝柱を切って開くのだが、これが普通ならなかなか骨が折れる。

網で焼いた魚介を客が勝手に食べるという趣向の店でベルトホルトもやったことがあるが、コツを掴むまでは大変だった。

まるで魔法のように次々と鉄砲貝の殻《から》が剥《む》けていく。

現れるのはぷりぷりとした肉厚な貝の身だ。

生で鉄砲貝は食べないと誓ったばかりなのだが、あの見た目は非常によろしくない。目の毒だ。

思わず喉が鳴るベルトホルトの袖を、ヘルミーナが少しむっとした表情でまた引っ張る。

「しのぶちゃん、タルタルソースの用意をしておいて」

「はーい。あ、今日はちゃんと漬物《ピクルス》もあるんだ」

「こんなにいい牡蠣だからね。本気を出さざるを得ない」

タイショーが鉄砲貝の下拵《したごしら》えをしている横で、シノブが茹《ゆ》で卵を微塵に刻んでいく。これはチキンナンバンの時に見た！

「鉄砲貝を揚げるのか」

「はい、ベルトホルトさん正解です！」

卵の殻を使って器用に黄身だけを取り出しながらシノブが笑う。刻んだ茹で卵や漬物も加えて、あのソースを作るようだ。前にチキンナンバンを食べた時には味ばかりが気になっていたのだが、ソース一つを作るにも結構な手間が要るらしい。

感心して見ている横を、エーファが硝子戸の方によいしょよいしょと何かを運んでいく。

シチリンだ。

肌寒さを感じるようになった頃から居酒屋ノブで活躍するようになった携帯用の焜炉《こんろ》で、炭を燃料にして網焼きの料理をする。

ベルトホルトがまだ傭兵をしていたら、冬の長期帯陣用に欲しくなりそうな代物だ。

「……タイショー、あれはまさか」

「今日は少し牡蠣を仕入れ過ぎましたから。馬丁宿通りのお客さんに、香りだけでもお裾分けしようかと」

そう言って口元を緩めるタイショーの顔には、それだけではないとしっかり書いてある。大した策士だ。

鉄砲貝の焼けるのを店の前で見てしまえば、あの味を知らない者でも思わず足を止める。後はもう、誘われるようにノブのノレンを潜るしかない。

ワカドリのカラアゲよりも心持ちふんわりとした衣を付け終わると、鉄砲貝がたっぷりとした油の中に滑り入れられた。

プチプチプチプチと小さな泡音が既に耳から胃袋を刺激する。

「ヘルミーナも食べるかい？」

「ええ、少しだけ頂いてみようかなって」

そう言いながらヘルミーナが摘まんでいるものを見て、ベルトホルトは思わずのけぞりそうになった。レモンを、ヘルミーナは美味しそうに齧っている。

先程シノブが山盛り切っていたレモンの櫛切り《くしぎ》りだ。

このところ時々ヘルミーナは変なものを食べる。大概のものには動じないベルトホルトだが、レモンのような酸っぱいものだけは何度見ても慣れない。

「お、おい、ヘルミーナ……」

「こういう風になると、酸っぱいものが美味しく感じるんですよ」

そう言ってお腹を撫でられると、ベルトホルトもむむと唸るしかない。

戦場のことなら酸《す》いも甘いも噛み分けてきたが、家庭のこととなるとさっぱりだ。まして妊娠など、どうしていいのか分からない。

「色々あると思いますけど、しっかりヘルミーナさんを支えて下さいね」

「そうは言うけどな、シノブちゃん。さしあたって何をすればいいのか、見当も付かんのだ」

「赤ちゃんの名前でも考えていればいいんじゃないですか？」

名前、と言われると確かにそうだ。

気が早いのかもしれないが、先にできることから順番にやっていくというのは理に適っている。

「そうだな、名前だ。強そうな奴がいい。ゲオルグとかアルトゥールとか」

「ちょっと待って、あなた。私たちの子が男って決まったわけじゃないんですから」

「ああ、そうか。女の子ということもあり得るのか」

「女の子なら、ちゃんと愛らしい名前をつけてあげないと」

勇ましい名前と愛らしい名前。

同時に考えると頭の中で随分とこんがらがってくる。いい名前が思いついたと思えば、そこから紐でも引いているように同じ名前の見知った人の顔が浮かんできて、またやり直しにしなければならない。

いっそのこと尊敬できる人に肖《あやか》ろうかという気も起きるが、せっかくこの世に生を享《う》けるのだから、その子自身の名前にしてやりたいとも思う。

そんな風に色々なことを考えていると、鉄砲貝の泳ぐ鍋の油がパチパチパチと爆《は》ぜるような音へ変わってきた。

「お、タイショー、そろそろいいんじゃないか？」

「ええ、そろそろですね」

そう言って油を切った鉄砲貝を、タイショーは皿に盛り始める。

「ん？　ワカドリの時みたいに二度揚げはしないのか？」

「鶏や豚は二度揚げすると美味しくなるんですが、貝は少し火が通り過ぎてしまうんですよ」

へぇ、と相槌を打ちながら、トリアエズナマで口の中をさっぱりさせる。

頭の中では生の鉄砲貝のちゅるりと濃厚な食感が思い返されているのだが、目の前にあるのは揚げられたものだ。

果たしてどんな味になるのか。

唾《つば》をまた飲み込んだところで、シノブが目の前に皿を置いてくれた。コトリ、という皿の音がまた、胃の腑を刺激する。

「さ、どうぞ。カキフライです。タルタルソースで召し上がって下さい」

ナイフとフォークが添えられるが、ナイフの方は使わない。

一口で齧り付く。それこそが正しい作法だ。直感で分かる。

サクリ。

小気味のいい歯触りと共にやってくるのはクリーミィな至福の濃厚さ。

これまで鉄砲貝は生で食べるのが最高だと信じて生きてきたが、これも素晴らしい。生とは全く違った美味さだが、どちらが上という問題ではない。

あちらが至高なら、こちらは究極。

比べることのできない二つの頂きだ。

心配そうに見つめてくるヘルミーナに力強く頷きを返し、次の一個にたっぷりとタルタルソースを付ける。

チキンナンバンの時も美味かったが、このカキフライにもよく合う。

タイショーが硝子戸を開けた。暖かい部屋にさっと冷たい風が吹き込む。

店の暖かさとトリアエズナマとで火照《ほて》った頬に、心地よい。

表から、鉄砲貝を網焼きにするパタパタという音が響いてきた。

匂いに誘われて、もうすぐ店内は満席になるだろう。

いつか、自分の子供を連れてこの店を訪れたい。

三つ目のカキフライを頬張りながら、ベルトホルトはヘルミーナと微笑み合った。

焼きおにぎりと薬師の弟子

異世界居酒屋「のぶ」
isekai izakaya "NOBU"

天気が愚図《ぐず》りそうになると、カミラは干していた鬼首草《おにくびそう》と諸刃笹《もろはざさ》を軒下《のきした》から取り込んだ。

どちらも希少な薬の材料だが、雨に濡れると薬効が落ちてしまう。

ブランターノの森にいた頃は他にすることもないイングリドが手伝ってくれたが、今では古都《アイテーリア》の食べ歩き飲み歩きに忙しいらしい。

カミラに歳の近い友達を見つけるために古都に移ったというのも、どこまで本当だろうか。

小さく溜息《ためいき》を吐《つ》きながらも、カミラは今の生活が嫌いではなかった。

森の近くを通る街道沿いの打ち捨てられた水車小屋で泣いていたのをイングリドに拾われなければ、そのまま冷たくなっていただろう。感謝こそすれ、イングリドに含むところは少しもない。

薬師《くすし》の仕事を教えてくれるのもありがたかった。

いつかはカミラも独り立ちして生きていかなければならない。薬師として身に付けた業は、その時に必ず役に立つ。

病気や怪我は防ぎようがないが、医者の数は少ない。教会が助けてくれる人数にも限りがある。

薬師としての技術は人助けにもなるし、お金にもなる。

夢や希望というものにあまり関心のないカミラにとって、生きるとはお金のかかることであり、お金を稼ぐためには技術が必要だというイングリドの教えはすんなりと腑《ふ》に落ちた。

森に住んでも古都に住んでも大した違いはないとカミラは思うのだが、街の方が儲かりそうだとは思う。もっと儲かるところがあれば、そこに移り住んでもいい。

馬丁宿《ばていやど》通りに構えたイングリド薬草店の少し傾《かし》いだ店内には作業場と生活するところが奇妙に混在している。イングリドとカミラの眠る木の寝台の隣にある文机の上に使い込まれた薬研《やげん》が置いてあるという具合だ。薬の素材はこれで擂《す》り潰すことが多い。

煮炊きの為の竈《かまど》には薬草を煎《い》るための平鍋や、煮込むための鉄鍋もあるが、どれも年季の入った骨董品だ。

立派なのは木工ギルドに発注して作って貰った薬品棚くらいのものである。これだけはまだ木の香りが芳《かぐわ》しい。カミラの好きな匂いだ。

取り込んだ薬草を天井の梁《はり》から渡した紐に吊るして陰干しにする。洗濯物も一緒だ。

この小さな店の中を、カミラは毎日掃除する。道具も綺麗に磨き上げて、いつでも師匠が薬の調合に入れるように整えておくのだ。

森の魔女のように恐れられていたイングリドだが、整理整頓清掃にはうるさかった。

まるで聖職者のような厳粛さで、店の隅々まで綺麗に保たれていないと許せないのだ。

一通りの家事が終わると、イングリドを迎えに行くことになる。

行き場所は大体の見当がつく。最近のお気に入り、居酒屋ノブだ。

「うちの師匠、お邪魔してますか？」

開店前のノブの硝子戸を敲《たた》くと、エーファがひょっこりと顔を出した。ノブで働いている女の子で、綺麗な赤毛が可愛らしい。

「カミラさん、イングリドさんは今日まだ来てないですよ」

「あー、予想が外れたかぁ。じゃあ、少し探してきますね」

「雨も降りそうですし、少しお店で待ってみますか？　行き違いになるかもしれませんし」

そう言われてみれば確かにそうだ。

森で暮らしていた頃は行き違いになるほど行く場所もなかったが、古都にはそれこそ星の数ほど酒場がある。イングリドの目にかなうほどの店は限られているが、新しい店を開拓されていたらカミラでは見つけられない。

「じゃあ、お言葉に甘えちゃおうかな」

「どうぞどうぞ。今日は新しい料理の試作もやってるんです」

エーファの柔らかい手に引かれると、少しどきりとする。

前に誰かと手を繋いだのなんて、もう記憶にさえ残っていないほど前のことだ。

店内にはいつも通り柔らかい雰囲気が満ちていた。

森の奥にあった、雪狐《ゆきぎつね》を祀《まつ》った古い祠《ほこら》と少し似ている気がする。

「あ、カミラちゃん、いらっしゃい」

「……らっしゃい」

迎えてくれるシノブとタイショーともすっかり顔馴染《なじ》みだ。

ここの料理は気に入っている。

特に、プリンがいい。

あの甘みは今まで生きてきて味わったことのないものだ。

自分から頼むのは恥ずかしいので、イングリドが頼んだ時にご相伴《しょうばん》に与《あずか》らないと食べられないが、偶に食べるから美味しいのだと自分を励《はげ》ましている。

「師匠を待つ間、少しお邪魔します」

ぺこりを頭を下げると、さっそくシノブにカウンター席を勧められた。

「今日は試食の料理があるからよかったら感想を聞かせて。エーファも試食してみてね」

そう言って目の前に出されたのは、カラアゲだ。

ワカドリのカラアゲは知っているが、今日のは少し形が違う。

「ワカドリのカラアゲじゃないんですか？」

「今日のは薬研なんこつの唐揚げね」

ヤゲンナンコツとは聞き慣れない言葉だ。だが、手に持った瞬間にどういうわけか魔法のようにカミラの頭に閃《ひらめ》くものがあった。

「ああ、薬研に似てるから、ヤゲン！」

ノブで使われている言葉はカミラにはさっぱり分からないのだが、偶にこういう不思議なことが起こる。言葉と伝承を司る雪狐の精でもこの店には憑《つ》いているのだろうか。

「カミラさん、美味しいよ」

はむはむと口を動かすエーファにつられるように薬研なんこつのカラアゲに手を伸ばす。

なるほど、これは新しい。

香辛料を効かせたカラアゲはコリコリとした食感が病み付きになる。

普通のカラアゲとはまた、一味違った料理だ。お酒を飲んだことはないカミラだが、イングリドの食べる肴を横で貰っているとどういう料理を食べた時に酒と合うと言っているかは自然と憶えてしまっている。

これは、合う。イングリドならそう言うはずだ。

「うん、美味しい」

「でしょでしょ！」

何故か自分のことのように喜ぶエーファの笑顔を見ていると、自然にエーファの口元も綻《ほころ》ぶ。

ああ、こういう風に笑うっていうのはいいな。

そんなことを考えていると、カウンターの向こうから不思議な匂いが漂《ただよ》ってきた。

この店で前に嗅いだことのある……

「ショーユ？」

タイショーがパタパタと火元を煽《あお》ぎながら、無言で頷く。

香ばしい香りに、カミラのお腹がくぅと鳴った。そう言えば今日は朝からパンと薄いシチューを啜《すす》っただけだ。昼はイングリドが帰ってからと思っていたから、まだ食べていない。

「この料理は？」

エーファに聞くと、満面の笑顔で応える。

「ヤキオニギリだよ！」

カウンターから身を乗り出すと、網の上で何かを焼いている。刷毛《はけ》のようなものでショーユを塗ると、こぼれた雫《しずく》がじゅっと音をさせて、堪らない香りが立ち上る。

これは卑怯だ。

食べる前からもう美味しい。

いや、この調理をしている音や匂いも食事の一部だということだろうか。

なんとも贅沢《ぜいたく》な食事だと、カミラは思う。

そう言えば、師匠のイングリドは調剤しているところを患者には決して見せない。森の中でもそうだったが、その方針は古都へ越してきても変わらなかった。

カミラが一度理由を聞いてみると、「患者は薬を買いに来てるわけじゃない。ありがたみを買いに来てるのさ」とぶっきらぼうに応えられた。

その時はなにを言っているのかさっぱり分からなかったが、今のカミラなら言いたいことは少しだけ分かるような気がする。

作り方を見せた方が価値の上がるものもあれば、見せない方が価値の上がるものもあるのだ。

ヤキオニギリは作り方こそ単純だが、作り方を見せた方がいい。

ありがたみもなにもなく、この卑怯なまでの期待の高まりを堪能させるのだ。

「さ、お待ち遠さま」

タイショーが差し出した皿には、ヤキオニギリが二つ載っている。

ショーユ味と、もう一つは、ミソ味だ。

「熱いから火傷《やけど》しないでね」

エーファに言われて、慎重にヤキオニギリに手を伸ばす。熱い。

熱いが構わずに口に運ぶ。

カリッと炙《あぶ》られたヤキオニギリの中は意外にもほろりとしている。

ショーユの香ばしさと熱さとが口の中に広がり、噛むたびに甘みが湧き出す。

こんなもの、食べたことない。口を突いて出た感想は、情けなくも「ほんはほほ、はへはほほはい」になってしまう。

それでも通じたのか、エーファが「ほうはほへ」と笑う。そうだよね、と言ったのだろうか。

なんだか嬉しくなって、ミソの方にも手を伸ばす。

こちらも、美味しい。

焼き加減も変えてある二つのヤキオニギリはどちらも美味しく、気付けば二つともぺろりと平らげていた。これならノブの新しい品書きに加えても人気になるだろう。

ショーユよりも濃い味のミソの方がイングリドの好みだろうかと自然に考えてしまっている自分にカミラは驚いた。思ったよりも自分は師匠のことを慕《した》っているらしい。

それは、悪い気分ではなかった。

「お、カミラじゃないか」

その時、硝子戸を引き開けてひょっこり顔を出したのは師匠のイングリドだった。

「師匠、ずっと探してたんですよ！」

「その割にはなんだか美味そうなものを食べてるようだねぇ」

くつくつと笑うイングリドもカウンターに腰を下ろす。少し雨に濡れたローブからは薬草の匂いが微かに香る。この匂いを嗅ぐと、カミラは安心する。もう七年もイングリドと一緒に暮らすカミラにとっては、この香りが我が家の匂いだ。

「カミラと同じものを。それと、トリアエズナマかな」

「師匠、まだ陽が高いですよ」

「おぉおぉ、怖い怖い」

怒りながらも、カミラは薬研なんこつのカラアゲとトリアエズナマを一緒に食べたら師匠が喜ぶだろうな、と考えている。

エーファがトリアエズナマを運んでくると、イングリドが口の周りに白ヒゲを作りながらくぅっと一杯目を飲む。いつもこの一杯目が堪らなく美味しそうなのだ。

「カミラさん、飲めるようになったら一緒にトリアエズナマ飲もうね」

「うん！」

エーファに言われて力強く頷く。こんなに美味しそうなものなら、一人で飲むよりも二人で飲んだ方がいい。それに、エーファと一緒に食べたり飲んだりすると、不思議にその食べ物がおいしくなるような気がする。

「このヤゲンナンコツってのはなかなかいけるね。ナマによく合う」

「でしょでしょ！」

さっきのエーファと全く同じ反応をしてしまってから、はっとしてエーファの方を見る。

その視線に気付いたのか、エーファがにんまりとした笑みを浮かべた。恥ずかしい。

照れ隠しに顔を逸らすと、カミラはイングリドが包みを床に置いているのを見つけた。

「師匠、今日は飲み歩いてたんじゃないんですか？」

「おいおいこの弟子は人のことを飲み助か何かみたいに」

「だって飲み助じゃないですか」

「まぁ、否定しきれない部分があるということを認めるにはやぶさかではないけれども」

言いながらくつくつと笑うイングリドは、包みを解《と》いてみせる。

中から出てきたのは、漆黒《しっこく》のローブだ。丈は、小さい。

「カミラもそろそろ赤頭巾って歳でもないだろう。前々からずっと子供っぽいってぶつくさ言っていたようだし」

「……師匠！」

抱きつくカミラの頭を撫でながら、イングリドは笑う。

「似たような年頃の友達がもう働いてるんだから、お前さんだって立派な薬師見習いだよ。このローブを着て明日から頑張りな」

「はい！」

「よかったね、カミラさん」

真っ黒いローブの手触りを確かめるカミラにエーファが微笑む。

「カミラでいいわよ。その代わり私も貴女のこと、エーファって呼ぶわ」

「うん！」

元気よく返事をするエーファと微笑み合っていると、イングリドの腹がきゅうと鳴った。

「ところでさっきカミラが食べていたアレ、私にも出してくれないかね」

「はい！　少々お待ちください！」

カウンター奥のタイショーが頷く。

ショーユとミソの香ばしい匂いがまた、漂いはじめた。

外ではさらさらと秋雨が降っている。

古都で暮らすのも悪くない。カミラはそんな風に思いはじめていた。

きのこのアヒージョ

「今日も美味しかったよ」

昼食を摂《と》り終えたハンスを見送ると、残った客はアルヌとイングリドだけになった。

居酒屋のぶは夕方からしか暖簾を出していないのだが、常連はそれより前にやって来る。追い返すのも忍びないので食事は出すのだが、余程居心地がいいのかアルヌとイングリドはほとんど毎日のようにやってくるようになってしまった。

「アンタ、またテンプラ食べてんのかい？」

「そういうイングリド婆さんはまたプリンか」

注文はいつも決まって天ぷらとプリンだ。しのぶの方では、もう二人が硝子戸を敲《たた》く前から準備をはじめるようにしている。

「美味い料理を出す居酒屋に来ているんだから、テンプラ以外のものも食べたらどうなんだい？」

「それを言うならイングリド婆さんもプリン以外の料理を注文すればいいじゃないか」

「私はいいんだよ。老い先長くない身の上だ。好きなものだけ食べて儚《はかな》く散っていくのさ」

「その調子だと百まで生きそうだと思うけどね」

憎まれ口の応酬だが、互いに悪気はない。薬師《くすし》と放蕩息子というあまり接点のなさそうな取り合わせだが、どういうわけか意外に馬が合うようだ。

そんな応酬を繰り返していたイングリドがふと、アルヌの皿の上に視線を落とした。舞茸《まいたけ》の天ぷらだ。今日の舞茸はよいものが仕入れられたので、信之も自信を持って出している品だった。

「きのこか。珍しい種類だね」

「え、ええ、特別な仕入れ先から取り寄せているんです」

ふぅんと言いながら、イングリドは舞茸をフォークに刺す。

「きのこというと、莫迦莫迦しい話があってねぇ」

くつくつと笑いながら語るイングリドの口調がとろりと砕けているのは酒精の所為《せい》だろう。

「昔々、聖王国《ルブシア》にノッポの尼《あま》とチビの学僧がいたんだ。チビの方は、勉強はできたんだが、周りから小ばかにされていてね。いつも見返す機会はないかと窺っていた。そんなある日、ちょっとした大役が回ってきたのさ」

大役というのは教会の総本山、聖王都の教導聖省に巡礼に来た大貴族を迎える饗応役《きょうおうやく》の手伝いだった。莫大な寄附をしてくれる貴族へのもてなしは失敗が許されない。

若輩の二人が任されたのは、料理の吟味。聖王都でも有数の宿から料理人を借り受けての接待で出す品書きを確認する作業だ。出してはいけない食材や組み合わせ、調理方法を調べて除外していくのが役目だった。ノッポの担当は酒と甘味、チビの方は料理の担当だ。

「チビの方は張り切っちゃってね。古典の資料をどんどん調べ出した。いくつかのちょっとした発見もしたんだよ。ところがね」

「ところが？」

しのぶが先を促すと、イングリドのくつくつがさらに大きくなる。

「一番肝心の、サクヌッセンブルク侯爵領の仕来《しき》たりを調べ忘れてたんだよ」

サクヌッセンブルク侯爵という名前にアルヌが微《わず》かに反応したがイングリドはそのまま続ける。

「侯爵の領地ってのはちょうど古都の周りがそうなんだけどね。この辺りではきのこを食べない。それを調べてなかったチビは、よりにもよって一番目玉の大皿にきのこをふんだんに使った料理が出されるのを見過ごしちまったんだね。莫迦な話さ」

しのぶの背筋を嫌な汗が伝う。お客の苦手な食べ物や出してはいけない食べ物を事前に選り分けるのは料亭でも大切なことだ。今のような話にも思い当たる節がないわけではない。

「それで、サクヌッセンブルク侯はどうしたんだ？」

沈痛な表情で尋ねるアルヌに、イングリドは笑ってみせる。

「お前さんの心配するようなことは起きなかったよ、アルヌ。チビは無事さ。当時のサクヌッセンブルク侯は名君として知られた人だったしね。ただまぁ、誰かが責任をとる必要はあった」

「侯爵は怒らなかったのに？」

「シノブも子供じゃないんだから分かるだろう？　二人がこの役を引き受けるっていうのはちょっとした大抜擢だったんだ。選んでくれた人にも迷惑が掛かりそうな話だったからね」

「じゃあ、その学僧さんは……」

「いや、聖王国を去ったのはノッポの尼の方さ。全部の責任を引っかぶってね」

全ての責任は自分にあるという書状を関係者全てに送り付け、その次の朝にはノッポの尼の姿は聖王都になかったという。あまりに逃げっぷりのよさに、ノッポが真犯人でチビは巻き込まれただけだという話で落ち着いたらしい。

「なんといってもチビは勉強ができたし、将来も嘱望《しょくぼう》されていたんだ。それで万事解決、めでたしめでたしって奴さ」

「じゃあ、ノッポさんは？」

「さぁてね。案外どこかで上手くやってるんじゃないかね」

そう言って笑うイングリドの表情はいつもより明るい。

「それにしても、この辺りってきのこが駄目だったんですね。皆さん普通に食べてるから知りませんでした」

しのぶの呟きに応えたのはアルヌだ。

「百年くらい昔、この辺りで魔女狩りがあったんですよ。魔女がきのこで食中毒を広めたっていう疑いをかけて。結局は濡れ衣だったんですが、その反省を忘れまいという話ですよ。それにこの辺りには見分けの付きにくい毒きのこも多い。酒と一緒に食べた時だけ毒性を発揮するきのこもあるっていう話です」

「随分と詳しいじゃないか、アルヌ」

「この辺りの出なら誰でも知ってるよ。それに若い奴は魔女狩りがどうとか気にしてないし、出されたものを残すのも勿体《もったい》ないしね」

　笑いながらアルヌは舞茸の天ぷらを一口で食べる。

「という訳でシノブにタイショー。あまり悪いことは言わないから、この辺りではきのこをきのこと分かる形で料理するのはお勧めしないというわけさ」

「もう随分売ってしまいましたけど」

「百年も経てばきのこ断ちの習慣も薄れているんだろうけどね。用心にこしたことはないさ。テンプラみたいに形の分かりにくい料理なら問題ないのかもしれないけどね」

　なるほど、と頷くしのぶに信之が悲しそうな視線を送ってくる。

「まさか、大将」

「いっぱい仕入れたばかりなんだ……マッシュルーム……」

　信之の悪癖の一つが、仕入れ過ぎだ。

　いい食材を見つけるとついつい必要な量よりも買い込んでしまう。

　信之の示した袋の中を見て、しのぶの喉からうへぇという声が漏れる。

「これ、どうするの……」

「それほど日持ちのするものでもないし、早く出してしまいたいな」

　悩む信之に、イングリドとアルヌが気持ちのいい笑みを向けた。

「幸い、私もアルヌもきのこ断ちなんかは気にしない性分だから、どんどん出してくれて構わんよ。在庫処分に協力しようかね」

イングリドのその一言で何かに火が点いたのか、信之は腕まくりをするとマッシュルームの準備に掛かる。

ザクザクと食べやすい大きさにマッシュルームを切り揃えると、フライパンにオリーブオイルを熱していく。唐辛子も忘れずに。

「ほう、オイル煮にするのか」

「知っているんですか、イングリドさん」

「若い頃に何度も食べたよ。安い割に美味い。こちらでもカミラに作ってやろうとしたんだけど、ここまで北だとオリーブオイルのいいものがなかなか手に入らないからね」

オリーブオイルのいい香りが鼻をくすぐった。たっぷりのにんにくも投入しているので、その匂いは空きっ腹を直撃する。

後は塩とパセリを好みで振れば、アヒージョの出来上がりだ。

「そういえば大将、この間もアヒージョ作ってなかった？」

「あの時はタコだったけどね」

「今まで和食一辺倒だったのに、どういう風の吹き回し？　のぶは居酒屋だから色んなメニューがあってもいいと思うけど」

「守破離《しゅはり》、だよ。守破離」

しのぶがうまくはぐらかされたのは、皿に盛ったアヒージョがあまりにも美味しそうだったからだ。きのこの問題さえなければ、定番に加えたいくらいだ。

テンプラ党のアルヌも、プリン党のイングリドもフォークを手に唾を飲んで待ち構えている。

「さ、召し上がれ」

カウンター越しに皿を出しながら、信之はパンを焼きはじめた。

本式ならバゲットを焼くところだが、さすがにそこまで用意周到ではない。

店の二階に住む信之が朝食で食べるために買い置いていたものだろう。

マッシュルームとにんにくの旨味をたっぷり吸ったオリーブオイルに、パンを浸《ひた》して食べる。考えただけでも殺人的な美味さだ。

食べたい。これは、食べなければならない。

少し分けて貰おうとしたしのぶに、大将がにこやかに微笑む。

「ごめんね、しのぶちゃん。にんにくたっぷり入れちゃった」

「た、大将ぉ……」

接客業である以上、にんにくがたっぷり入ったものを開店前に食べるわけにはいかない。

血涙《けつるい》を流しながら怨嗟の声を上げるしのぶを尻目に、信之はさっさと次の作業に取り掛かった。

寸胴鍋に湯を沸かし、パスタを茹でる。

たっぷり作ったアヒージョの残りをフライパンで熱し、そこに茹で上がったパスタを投入。

しっかりと絡めるとマッシュルーム入りのオイルパスタになる。唐辛子とバジリコを少し加えているので、食べやすいはずだ。

「お師匠様、今日もこちらですか？」

ちょうどそこにひょこりと顔を出したのはカミラだった。

前は赤い頭巾のローブを羽織っていたが、イングリドに貰った黒い方が最近のお気に入りらしい。

何でも、一人前の薬師になる為に師匠のイングリドと同じ格好をしているのだそうだ。

「あ、師匠ずるい！　美味しそうなもの食べて！」

「カミラもどうだい。タイショーがパスタを茹でてくれてるよ」

「いただきます！」

信之の茹でたペペロンチーノにカミラがフォークで挑みかかる。

「辛い！」

カミラの口には少し辛かったようだが、ひぃひぃ言いながらも美味しそうに食べている。

きのこの在庫を使い切る前に、にんにく抜きのアヒージョパスタを作って貰おうと心に決めたしのぶであった。

牛すじの土手焼き

異世界居酒屋「のぶ」

イワシのテンプラを一口齧っただけで、イーサクは黙り込んでしまった。

なんだこれは。

サクリとした衣に魚の旨味が全て閉じ込められている。アルヌが美味い店を見つけたというのでほいほいとやって来たが、こんな料理がこの世に存在するというのか。

これまでもアルヌが少し上等な店を見つけてくれるということはあった。

大抵は東王国《オイリア》風の小洒落た味付けの店で、それなりに美味い。

それなりに美味いのだが、イーサクにはどれも再現のできる味だった。

料理人の息子として生まれたイーサクは、自分も将来料理に携《たずさ》わる人間になるのだと漠然と考えている。親がそうだからというだけでなく、自分も料理が好きなのだ。

料理人として恥ずかしくないように、修業も積んでいる。

そのイーサクにとって、自分で作れそうもない料理というのは驚きの対象でしかない。

調理法が分からないわけではない。

小麦粉を卵と水で溶いたものを具材に付け、揚げる。ただそれだけのことだ。

だが、自分でそれをやったとしても、同じ味になるような気がしない。

恐ろしく手間のかかる下拵えをしているのではないか、とイーサクは睨んでいた。

「お口に合いませんでしたか？」

心配そうに覗き込んでくる給仕に首を振り、残りのイワシも口に放り込む。

やはり、美味い。

噎《む》せそうになって口に含んだトリアエズナマというのも、凄い。

職業柄これまでに色々なエールを飲んできたのだが、それらと比べても、一番かもしれない。

これだけキレがいいのは、ジョッキや注ぎ方も関係しているのだろう。

いや、能書きはいい。とにかく美味い。それだけで十分だ。

まだ宵の口だというのに、居酒屋ノブは大した繁盛だった。

小さな店内は常連らしき客と一見客とで活気に満ち、各々が好き勝手に肴と酒を楽しんでいる。

帝国の酒場は帝都のものも含めて数多く回ったが、こういう雰囲気の店は千金を積んでもなかなか見つかるものではない。

「それにしても、アルヌさんのお友達が来てくれるなんて」

「いえ、アルヌ様はこちらでご迷惑をお掛けしませんでしたか」

「迷惑だなんてそんな」

放蕩児を気取っているアルヌだが、イーサクにとっては主と慕う人物だ。

どこかで迷惑をかけていないか、気が気ではない。

本来ならもう家を継いで貴族として人の上に立つべきアルヌが、些細なことで躓《つまづ》かないようにするのは、イーサクの大切な仕事の一つだ。

だが、当のアルヌはイーサクとの約束をすっぽかしてどこかに出掛けてしまっている。

「今日アルヌさんが来られなかったのは残念ですね」

「そうですね、これだけ美味しい料理とお酒なら、アルヌ様もさぞかし喜んだと思います」

「そう言って頂けると嬉しいです」

アルヌが今、何をしているのかは、大体見当が付いていた。

この店で暴れたゴロツキ達の動きを探っているのだ。

衛兵隊に捕まったあのゴロツキ達は罰金を払ったので牢屋には一昼夜しか入らず、既に街へ出ているらしい。

古都《アイテーリア》のゴロツキの顔役になっているダミアンという男と手を組んだ、という話もあった。

逆恨《さかうら》みをしてこの店に彼らが仕返しをしに来た時への備えとして、イーサクはここに置かれているのだろう。

さっきはイワシだったので、次はカキアゲにフォークを伸ばす。玉ねぎと小ぶりな海老の入ったカキアゲはナイフで切り分けたくなるが、少々下品でも齧り付いてみる。

シャクリシャクリ。

シャクリシャクリ。

シャクリシャクリ。

フォークを置くことができずに、思わず丸々一つ食べてしまった。

油で揚げた玉ねぎをこれだけ食べれば油で凭《もた》れそうなものだが、そこにも工夫があるのだろう。

玉ねぎのホクホクとした優しい甘味が堪らない。すっきりとしたトリアエズナマに、よく合う。

イーサクの喉が鳴り、ジョッキのトリアエズナマが見る見るうちに空になった。

もう一杯頼もうとジョッキを掲げたところで、給仕の女性と視線が合う。彼女に頷くと心得たとばかりに、トリアエズナマのお代わりをジョッキに注ぎはじめた。以心伝心。素晴らしい。

これは、アルヌが店を気に入るはずだ。

人の扱いについてアルヌはああ見えて酷く気難しいところがあるが、これほど気配りの行き届いた店なら、寛《くつろ》ぐことができるだろう。

キノコのテンプラも、面白い食感だ。

煮るか炊くかしか、これまでキノコを食べる方法を考えてこなかった。

イーサクの先祖が暮らしていた北の大地では、しっかりと茹でこぼしてからでないと毒の回るキノコがある。

そういう知恵を伝承しているからこそ、煮炊き以外の方法ではキノコを食べないのだが、こういう調理法もあるのだ。

一番驚いたのは、木の根だ。

給仕のシノブはこれをゴボウと呼んでいたが、見た目はどう見ても木の根を薄く細く切ったものにしか見えない。

これもまた、人参と一緒にカキアゲにする。

歯応えは玉ねぎの比ではないが、これもまた美味い。

「料理の世界は驚異に満ちていますね。まさか木の根がこんなに美味しく食べられるとは」

「牛蒡《ごぼう》、美味しいですよね。私の祖父の好物でした」

言いながら微笑むシノブに、イーサクは言葉を掛けることができない。

木の根をも掘り返さねばならない程、貧しい土地の出なのだろう。

それをせめて少しでも美味しく食べる工夫を考えているうちに、揚げてみるということになったのではないか。揚げることで、ゴボウは木の根であって木の根ではなくなった。

これは、立派な料理だ。

木の根を食べる努力が世代を経て、テンプラとして結実している。

材料が手に入るようになり、そこから創意工夫して素揚げに衣を付けるようになったのではないか。鶏卵が手に入るようになり、この料理はテンプラとして完成した。

それならば、手の込んだ下拵えも納得がいく。

材料を少しも無駄にしないという高潔《こうけつ》な精神が、何処にでもある材料に過剰とも思える手間を掛けさせ、料理へと昇華させた。

そう考えると、彼らと彼らの先祖の努力に神の愛を感じざるを得ない。

皿いっぱいに盛られたテンプラを平らげると、イーサクの心の内に料理人としての好奇心が沸々《ふつふつ》と湧き上がってきた。

テンプラは、美味い。

他にも色々な料理を美味く作るのだろう。

その技を、学びたい。見て盗めるものがあれば、しっかりと。

「テンプラ、美味しかった。次はもう少し味の濃い……何か煮込み料理のようなものが食べたいな」

「はい、味の濃い煮込み料理ですね！」

快活な声に応じて寡黙《かもく》な店主が調理をはじめる。

ただ、調理の様子を盗み見ようとしたイーサクの思惑《おもわく》は外れた。既に調理したものが鍋に別にとってあったらしく、それをやや小振りな鍋で温め直しはじめたのだ。

火に鍋を掛けると、くつくつという音と共に甘い香りが立ち上がる。

豆をよく煮込んだ匂いに少ししているが、それとも違う。

「シノブさん、あの料理は？」

「はい、牛すじの土手焼きです」

「ギュウスジのドテヤキ、か。ふむ」

聞いたことのない名前だ。

鍋の中にごろりと転がっているのは牛肉の様だが、当たり前に食べる部位ではない。普段は食卓に並ぶことのない、恐らくは腱《けん》の部分だろう。

余程丁寧に煮込まなければ、固くてとても食べられないはずだ。

「煮込んでいるのは、牛の腱と……なんですか？」

「こんにゃくです」

「コンニャク……?」

また聞いたことのない名前が出てきた。

帝国と東王国、それに北方三領邦の料理にはかなり精通しているという自信があったが、そのどれにも思い当たる食材がない。

柔らかそうな見た目は何かの内臓という風にも思える。

内臓は鮮度を維持することが難しいのであまり流通しないから、その地方地方で独自の呼び方が定着していることが多い。見知った部位であっても、思わぬ名前で呼ばれていれば、どこのことか分からないこともある。

牛の腱や内臓を使う、これも貧窮《ひんきゅう》から生まれた料理なのだろうか。

それにしても、この香り!

火が回って温まるに従って、鼻腔をくすぐる香りはますます強くなる。

甘く濃厚な芳香はコトコトという鍋の音と胃の腑を直撃し、先程テンプラを食べたばかりのはずなのに、空腹であるかのような錯覚に陥る。

「はい、お待たせしました!」

上にはらりと刻んだネギ。

小振りな皿に盛って来られたギュウスジのドテヤキは薄茶色のこってりとしたスープの絡んだ肉とコンニャクが入っている。

間近で見ると、肉はやはり腱だ。

固い部位の肉を煮たり焼いたりして、その噛み応えを愉しむ料理には心当たりがある。どれも肉本来の旨みを大切にした料理だ。

ただ、それにしてはこの香りが気になった。

濃厚な香りは甘く、食欲をそそる。

肉の旨味を殺してしまうのではないか。

そんなことを気にしながら、イーサクは一口目を運ぶ。

柔らかい！

固い腱を想像していたということもあるが、驚くべき柔らかさだ。

それでいて、肉の味わいは死んでいない。このスープというよりもソースというべき味付けが、実に肉とよく合っている。

そして、コンニャク。

ただクニクニしているだけなのだが、この食感は面白い。

肉と一緒に口に含むと、堪らない面白さになる。

「寒くなると土手焼きが食べたくなるんですよね」

「このドテヤキに合う酒を、追加で」

シノブが出してくれたのは、トリアエズナマのジョッキではなく、小さな素焼きの盃だった。

無色透明な中身からは、芳《かぐわ》しい香りが立ち上っている。

杯は手に持つと、少し熱い。

どんなものかと試しに口を付けてみると、口の中がすっきりとした美味さに洗われる。

「熱燗と合うでしょう?」

「アツカン、というのですか、このお酒は」

銘柄も教えて貰ったが、アイヅホマレもイイデも聞いたことがない。

どことなく異国を感じさせる、不思議な響きの名前だ。

ドテヤキを食べ、アツカンを飲む。

たったこれだけで、腹の底から幸せが拡がっていく。

「教えてください。この肉は、牛の腱でしょう? どうすればこんなに柔らかく煮込むことができるのですか?」

答えたのはシノブではなく、厨房にいる店主だった。

「うちでは、三日煮込んでいます」

三日。

想像を絶する言葉にくらりと眩暈《めまい》がしそうになる。

ここは居酒屋で、宮廷の調理場ではない。立っているのも居酒屋の店主で、王侯貴族の司厨長《しちゅうちょう》ではないのだ。

ただの居酒屋の料理に、三日。

一つの料理に掛ける熱意の強さに、イーサク何も言えなかった。

時間だけではない。薪炭《まきすみ》代も、莫迦にできないだろう。

しかし、だからこその、この味だ。この味を実現するために、店主はただ肉を煮込む。

そのことを誰も莫迦にすることはできない。

事実、これだけ美味い料理が出来上がっているのだ。

「いやはや、参りました。正直を言うと味を盗んで帰ろうと思ったのですが、なかなかどうして。そう簡単にはいかないらしい」

「土手焼きは肉の準備が大変ですから。三日下茹でして柔らかくした後、煮込んで味を沁みさせて一晩寝かせます」

「それはまた。味の調整も大変でしょう」

「うちの店には優秀な味見担当がいますから」

店主がシノブの方を見ると、嬉しそうにぺろりと舌を出した。胸の辺りが温かくなる。上手く行っている店というのは、見ているだけで幸せな気分になるものだ。

こういう温かな雰囲気の店だ。是非とも贔屓にしたい。

「ここに店を構えてもうすぐ一年になりますが、古都の料理というのがまだまだ分かっていないようです」

「そういうことなら、いくつか昼でもやっている店を紹介しましょう。夜はお店があるでしょうが、昼に食べ歩いてみるのも色々と勉強になるのではありませんか」

「それはありがたいです」

今の時期、古都の宿屋や酒場は大市に向けて新しい料理の開発に余念がない。そういう空気に触れることは、この店にとっても利点こそあれ、損になることは何もないはずだ。

お勧めの店の名前と場所を店主に伝えたところで、イーサクはもう一つだけしなければならないこと思い出した。

「ところでシノブさん、一つお願いがあるのですが」

「な、なんでしょう」

真面目な顔のイーサクに怯んだのか、シノブも畏まる。

「……ギュウスジのドテヤキをもう一杯。できれば大盛りで。それと、アツカンもお願いします」

「はい！」

ここの料理を食べて、アルヌはどんな詩を読むのだろう。

ギュウスジのドテヤキを食べていると、不思議にあの下手な詩が聞きたくなるのだった。

自信の一品

異世界居酒屋のぶ

「これはどういうことだろうか、男爵」

開店したばかりの居酒屋のぶに、また厄介《やっかい》そうな客がやって来ていた。

二人連れの客のうち、一方は一度この店に来たことがある。

ブランターノ男爵。古都《アイテーリア》近くに領地を持つ貴族で、大のカードゲーム好きだ。

居酒屋のぶを一晩借り切りたいという無理難題を吹っかけてきたが、しのぶが作った賄いのカツサンドを美味い美味いと食べて満足げに帰った貴族である。

問題なのは、もう一人の方だ。

男爵に対して慇懃《いんぎん》無礼《ぶれい》な口を利く白髪の老人の素性が、しのぶにはどうしても分からないのだ。

美しく着飾り、小脇に胴の丸い小さなギターのようなものを抱えている。しのぶにはなんの職業をしている人物なのか全く見当も付かない。

「美食家と名高い男爵の饗応を受けられると聞いて遥々帝都から罷《まか》り越《こ》したのだが、宴はこの居酒屋ですという。私は気付かぬうちにブランターノ男爵の気に何か障るようなことでもしでかして、その意趣返しに手の込んだ招待状まで寄越してくれたということであろうか？」

「そうではない。そうではないよ、クローヴィンケル」

クローヴィンケルという名前が出た途端、たまたま居合わせた水運ギルドのゴドハルトと、アルヌがこちらを振り向いた。二人の知り合いかとも思ったが、水運ギルドのマスターと放蕩息子ではどこで人脈が重なっているのかしのぶには見当も付かない。

ただ、どういうわけかアルヌはブランターノが店に入ってきた時に軽く会釈を交わしている。放蕩児と男爵。古都の人間関係は複雑怪奇だ。

「ここの料理は素晴らしいのだ、クローヴィンケル。先だってのヒルデガルド妃の結婚式での騒動はもちろん覚えているかと思うが」

「アンカケユドーフ事件、でしたかな。東王国《オイリア》にもそれらしい料理がないということで歳若い妃《きさき》の想像上の食べ物ではないかということで一応の決着を見たように記憶しておりましたが、その後ブランターノ男爵の周囲で何か新しい事態が起こりましたかな?」

「クローヴィンケル、この店だ。この店こそが、アンカケユドーフを出した店なのだよ。私もここで出たサンドウィッチというのが随分と気に入っている」

大袈裟な手振りで居酒屋のぶをブランターノが讃《たた》えて見せる。

だが、ゴドハルトとアルヌはそれどころではないらしい。まるで芸能人にでもあったかのように、クローヴィンケルという男の方をチラチラと確認している。

「なんと！　あの店は本当に存在したのですか。あれだけ多くの帝国貴族諸氏が探しても見つけ出せなかったものをブランターノ男爵、よく見つけ出して下さいました。先程は誤解からとは言え大変失礼なことを言ってしまったと深く反省しております」

「いや、よいのだ。それよりも酒場に来て肴にも酒にも親しまないというのは具合が悪い。早速注文しようではないか」

「ええ、ええ、そうしましょう」

おしぼりとお通しを既に置き終えたしのぶを、ブランターノが優雅に手を上げて呼ぶ。

「〝トリアエズナマ〟を二つ貰おうか」

「はい、生二丁ですね」

どこか得意げなのは、事前にこの店の事を調べさせたからだろう。

前回来た時もカツサンドの代金に金貨を置いて行ったり、意外と御茶目なところがある貴族なのかもしれない。

「それと、何かお勧めの肴を出して貰おう。できれば、温かいものを」

「はい、温かいものですね」

「敢《あ》えて断る必要もないが、美味いものを頼む。なんと言っても、こちらの吟遊詩人のクローヴィンケルの口に入るものだからな」

「あっ」

吟遊詩人と聞いてしのぶの脳裏に閃くものがあった。

そういえば、ゴドハルトが好きだと言っていた詩人もクローヴィンケルという名前ではなかったか。それと、アルヌが目指そうと言っていたのも。

道理でさっきから二人が仔犬のように目を輝かせているわけだ。

しのぶはこのことを信之に伝えようと振り返ってみるが、どうやらあちらでも既にこのことに気付いていたようだ。

なんとも言えないよい笑みを口元に封じ込めて、二人の美食家に出す料理の盛り付けに勤《いそし》んでいる。

「お待たせしました」

「ほう、これは」

注文に対して信之が選んだのは、牡蠣のグラタンだ。

普段はあまり奇を衒《てら》った料理を好まない信之だが、たまにこういうことをしてみる。

牡蠣の身をそのままに、ホワイトソースで旨味を封じ込めた牡蠣のグラタンを牡蠣殻に盛り付けている。

見た目も楽しいが、味もよい。しのぶの好みからすれば少し味付けが古都寄りに過ぎている気がするが、あくまでも趣味の範囲のことだ。

これを美食家二人はどう判断するのか。

「鉄砲貝の殻を使ってグラタン《ガーティン》を盛っている、というのはなかなか面白いですな。東王国の宿で似たようなことを考え付いた料理人がいたはずですが、あれは確か西瓜をくり抜いて中にフルーツの糖蜜付けを盛ったんでしたか。あれも面白いが、こちらも素晴らしい」

「味もなかなかよいぞ、クローヴィンケル。鉄砲貝への火加減がいい具合だ」

二口ほどでグラタンを食べてしまったブランターノは次の牡蠣に取り掛かっている。

長い指先で牡蠣殻を摘まむさまは優雅で、流石《さすが》に洗練されていた。

対してクローヴィンケルは一つ目の牡蠣を口に含んだまま、じっと何かを考え込んでいる。

「あ、あの、お気に召しませんでしたか？」

思わず聞いてしまったしのぶだが、クローヴィンケルは応えない。

ただグラタンを味わいながら、瞑目して低く唸っている。

こういう客は、珍しい。

料亭ゆきつなに来た覆面調査員にも似たような雰囲気があったのを憶えている。

「なるほど」

これまでの饒舌《じょうぜつ》さとは打って変わって、クローヴィンケルはたった一言そう言うと、ビールのジョッキに口を付けた。

その表情からは、満足したのかそうでなかったのかは窺い知れない。

「どうだった、クローヴィンケル。結構いけるだろう？」

「そうですな、男爵」

「なんだ、グラタンは気に入らなかったのか？」

「いえ、そういうわけでは」

クローヴィンケルは小さく咳払いをすると、信之の方をじっと見つめる。

信之も、向き直った。

吟遊詩人と料理人が、互いの力量を計るように視線を交錯させる。

先に口を開いたのは、吟遊詩人クローヴィンケルの方だった。

「このグラタンは大変美味しいが、あなた本来の味ではない。違いますか？」

「……仰《おっしゃ》る通りです」

信之が、恭しく頭を下げて見せる。

味に関する指摘について信之は誤魔化すような嘘を吐かない。料亭ゆきつなの板長、塔原にそういう面ではしっかりと仕込まれている。

「私はブランターノ男爵の舌に深く信頼を置いています。彼の勧める店であれば、その料理の奥義まで味わい尽くしたい」

そう言われてしまうと、しのぶは困ってしまう。

前回男爵を持て成したカツサンドは、しのぶが作ったものだからだ。ただ、ここで口を挟むとややこしくなるのでそのことは黙っておく。

「店主に注文します。今、貴方が最も自信のある料理を食べさせてください」

「分かりました」

「その味が私を満足させることができれば、何か一つだけ願いを聞くとしましょう」

信之の目が、いつになく真剣だ。

無理もない。自信作の牡蠣殻のグラタンをして、本当の自分の味ではないと指摘されたのだ。

このところの信之の味は、しのぶから見ても確かに少しぶれていた。

信之の師である塔原であれば、厳しく叱正《しっせい》していたかもしれない。

味をしのぶに見せるようになってからは、ほんの少しずつ味に落ち着きが出てきたが、それでも思い付きのような味付けで何かを作ることがある。

自分の殻を破ろうとしている、ということはしのぶにも分かった。

その苦境を抜け出す手助けが誰にもできないということも、料亭の娘であるしのぶは知っている。

信之が今まさに料理人としての殻を破ろうとしていることに、クローヴィンケルは気付いたのだろう。だからこそ、敢えて難題とも思える注文を出したに違いない。

本当の美食家とは、彼のような人を言うのだろう。

客たちも厨房のただならぬ空気に気付きはじめたようだ。

特にゴドハルトとアルヌの二人は、固唾《かたず》を呑んで事の成り行きを見守っている。憧れの吟遊詩人クローヴィンケルがどうでるのか、気になるらしい。

信之は、何を作るのか。しのぶにもそれは全く分からない。

注文は、最も自信のある料理だ。

ただ美味しいとか、素材がよいとか、古都の人に目新しいという料理を出すわけにはいかない。

本当に、自信のある料理。

そんなことを急に言われても、普通はおいそれと作れるものではない。

信之が鶏卵を溶きはじめた。

卵を使った料理には色々ある。凝ったものも、簡単なものも。

どういう料理が信之の手から生み出されるのか、店内の視線は厨房に集まっている。

当然、一番熱心に手元を見つめているのはクローヴィンケルだ。

吟遊詩人を連れてきたブランターノはと見てみれば、どういうわけかアルヌと親しげに言葉を交わしている。

同じ吟遊詩人を贔屓にしている者同士、話が弾むのだろうか。

静かな店内に、信之が卵を溶く軽快な音だけが響く。

だしまき玉子だ。なんとなく、そう思った。

このところ、信之は出汁の引き方に細心の注意を払っている。

今一番自信のある料理は出汁そのものであり、それをクローヴィンケルに食べさせるために、だしまきを選ぶのだろう。

前掛けを締め直し、しのぶは戸棚に向かった。

だしまきが一番美味しく見える皿は、どれか。

実家のゆきつなに居た頃はどんな皿でもより取り見取りだったが、居酒屋のぶにはそれほど多くの器はない。

吟味《ぎんみ》すると言っても自《おの》ずから幅はある。それでも、信之の作る渾身の自信作を盛るのに相応しい皿を、自分自身の手で選びたかった。

とろりとした溶き卵が、だしまき用の巻き鍋にじゅっという音を立てる。

手首の捻りを使って巻き上げて行く信之の手並みは、流石だ。

あっという間に卵三個分のたっぷりとしただしまきが巻き上がり、それを巻き簾《す》で受ける。

ゆきつな流のだしまきは出汁の分量が多いので、巻き簾で形を整えてやらないと崩れてしまうのだ。

「できました」

だしまきの淡い黄色が、しのぶの選んだ緑の皿に映える。

腕を組んで調理の様子を見守っていたクローヴィンケルは、おもむろにフォークを手に取った。

「具なしのオムレツ《オムレット》を選ぶとは、なかなか勇気のある料理人のようです。材料の厳選や火加減、そして調理の手際に全てが収斂《しゅうれん》されるこの料理は、確かに腕を示すには最も適した料理の一つと言えるでしょうな。しかしこれで私を満足させることができるかどうか」

クローヴィンケルのフォークがすっとだしまきに吸い込まれる。

とろりと崩れ落ちそうに柔らかく、しかしそれでいて形は保っている。完璧な焼き加減だ。

不思議そうな顔をして、老吟遊詩人はだしまきを口に運ぶ。

沈黙。

居酒屋のぶにいる誰も、言葉を発しない。

ただ、万言を尽くして語られるであろう吟遊詩人の感想だけを待っている。

「……魔法だ」

だが、クローヴィンケルの感想は一言だけだった。

ぽつりとそれだけ溢《こぼ》すと、残りのだしまきを丁寧に味わいながら食べていく。気が付くと、皿の上は舐めたように綺麗になっていた。

観衆と化していた客の間に、微妙な空気が流れる。

どんな麗句《れいく》が飛び出すものかと身構えていたのだ。

それが、一言だけ。

しかし表情はその感想が万言《まんげん》にも勝るということを伝えていた。

ブランターノとゴドハルト、そしてアルヌの三人は呆然としてクローヴィンケルが口を拭うのを見つめている。

「店主、約束通り、願いを一つ聞きましょう。とは言っても、私にかなえられるものだけですが」

口を拭い終えたクローヴィンケルの顔は晴れがましい。

そういう顔を、しのぶはかつて何度でも見てきた。

本当に美味しいものを食べて、満足した顔だ。

「ありがとうございます。それでは一つお願いしたいことがあります」

「なんだろう。これだけの料理人の頼み事だ。想像もつかないな」

「そこにいる、アルヌ君の詩を見てやって貰えませんか？」

信之の願いは、予想外のものだった。

突然指名されたアルヌは驚きと喜びの入り混じった顔で何も言えずに突っ立っている。隣で悔しそうにしているゴドハルトとは対照的だ。

「よいのですか、店主。私なら帝国中にこの店の素晴らしさを喧伝《けんでん》することも難しくはない。それどころか、帝都に今の店の十倍も大きな店を構えさせることもできるでしょう」

「いえ、お気持ちだけで。私がここで店を出せているのも、何かの縁です。ここから何処かへ移ることは、今は考えていません」

「縁ですか。なるほど、では、私はその幸運なアルヌ君の詩を見ることにしよう。その間に、さっきの鉄砲貝をワイン蒸しにしておいてください。もちろん、それ以上に美味しい食べ方があればそれでも構いません」

その晩は、終始和やかな空気で細やかな宴が開かれた。

クローヴィンケルのリュートと歌を愉しみながら、カキフライや牛すじの土手焼き、それに大量の天ぷらでビールや日本酒が飛ぶように出る。

一番人気は当然だしまき玉子だ。信之は注文が入る度に銅製の巻き鍋を振るっている。

クローヴィンケルは約束を守り、アルヌの詩をつぶさに読んでいたが、どうすればいいかは後日手紙で送ってくる、ということになった。

「サクヌッセンブルクのアルヌ君からの手紙は、最優先で受け取ることにしましょう。ブランターノ男爵を通じて送って貰えれば、ちゃんと届くようにしておきますから」

そう言って雄鶏《おんどり》が時を作る頃にクローヴィンケルは店を出て行った。

酔い潰れたアルヌの首から下げられた護符《アミュレット》は、青い宝石が涼やかな光を湛えていた。

茶碗蒸し占い

夕暮れ前からしとしとと降りはじめた雨は馬丁宿通りの路を濡らしている。

居酒屋ノブと書かれた看板の前を、歳若い照燈持ち《ファクール》が一人、先ほどからずっと行きつ戻りつしていた。

ただの照燈持ちではない。

エンリコ・ベラルディーノ。大司教に仕える腹心の一人である。

若くして教導聖省の俊英として名を知られた僧で、大司教の古典回帰論に同調して聖王国《ルブシア》から距離を置いた者の一人だった。

そのエンリコが居酒屋ノブの様子を窺っているのは、ある密告があったからに他ならない。

「居酒屋ノブは、魔女の塒《ねぐら》である」

最近、大司教と懇意にしているダミアンとかいう小柄な男のもたらした情報だ。ゴロツキの顔役のような俗物かと思っていたが、意外に教養がある。なので大司教も使い減りしない手駒として重宝していた。

「まさか本当に魔女が、な」

魔女が居るというのは、エンリコたち古典回帰論者にとっては重要なことだ。

この地の魔女を狩り出すことで教導聖省の堕落《だらく》の証明とし、古く正しい教えに回帰しなければならない。古く正しい教えに立ち返れば、邪な者どもは立ち所に姿を消す。

元々改革派に近いと見做《みな》されていたロドリーゴ大司教が魔女探しに執心していると聞いた時は、小躍《こおど》りしたものだ。さっそく大司教に接触して、古典回帰派と魔女捜索で協同歩調をとることが決まった。エンリコは占いの技が認められて、私的な秘書のようなことも仰《おお》せつかっている。

それだけに、エンリコの責任は重大だ。

本当に魔女がこの酒場に集っているのか、確かめなければならない。もちろん、こちらの正体は悟られずに。動かぬ証拠が掴めればよいが、そうでなければ手がかりを残さずに帰る。

暫く雨中に身体を曝《さら》していたが、店の外からではなにも分かりそうにない。

魔女が易々《やすやす》と正体を現すとは思えないが、このままでは手詰まりだ。本当にここが魔女の塒なのであれば、いつまでもここで逡巡していては、こちらの身も危うい。

そうなれば思い切って、と硝子戸を引き開ける。

その瞬間、エンリコは不思議な暖かさに包まれた。

「いらっしゃいませ！」

「……らっしゃい」

冷たい雨を一人浴びていたからか、出迎えの声が心地よく響く。

騙されるものか、とエンリコは口中で小さく呟いた。

愛らしい給仕の女も、皿洗いの少女も、テーブルを拭いている新妻風の女も、全て魔女かも知れない。店主の男でさえも、魔女である可能性がある。

かつての魔女狩りの伝承によれば、男の魔女というのも少なくはない数が報告されているのだ。騙されるわけにはいかなかった。

カウンターに腰を落ち着けると、何も頼んでいないうちから温かい布とちょっとした肴が運ばれてきた。オシボリと、オトーシというようだ。

濡れて芯から凍《こご》えている手に、このもてなしはありがたい。こうしてこちらの警戒を解き、心の内側へと忍び込む策略であろうか。

「お飲み物は何になさいますか？」

「……温かい白湯を。酒は嗜《たしな》みません」

応えてしまってから、しまったと思った。

ただの照燈持ちがこんなことを言うだろうか。

長く修行の庭に身を置いてきたエンリコは、酒場というものを訪れるのは今日がはじめてだ。酒場に来て酒を頼まないのは、ひょっとするととんでもない不調法に当たるのではないか。

そういう不安が胸の内をじわりと侵していく。

しかし、そういう不安は単なる思い過ごしだったようだ。

給仕の女はにこりと笑うと、陶器の杯に白湯を持ってきてくれた。包むように持つと、温かさがじんわりと悴《かじか》んだ両掌を蕩《とろ》かしていく。

店内の暖かさもそうだが、晩秋のこの地でこれだけ温かいというのはどういうことだろうか。

どこか店の奥に暖炉でも隠してあるのだろうが、魔女の業だという可能性も捨て切れない。

凍えた身体を優しく蕩かすこの魔性の暖かみには敬虔な神の僕《しもべ》であるエンリコでさえ、篭絡《ろうらく》されてしまいそうな力がある。

肴は、煮付けた小魚だ。

あまり味の濃いものは食べ付けないエンリコだが、甘辛く煮たこの小魚は、妙に口に合う。

ついつい同じものをと注文しそうになるが、彫塑《ちょうそ》した石像の如き自制心でその欲求を抑え付ける。

執着は堕落であり、堕落は信仰の敗北だ。温かい白湯で身体を温めながら、そっと店内の様子を窺う。異国風の調度と内装。

ここはやはり、魔女の塒なのだろうか。

直接はおろか文書でさえ見たことのない奇妙な装飾や調度が店のそこここを占拠している。

異国の文字の品書き、色とりどりの酒瓶、瓶詰になっている船の模型。

とりわけ、店の奥の壁に祀られている異国の神の祭壇からは強い力を感じ取ることができた。

酒場に足を踏み入れたこともない清廉潔白なエンリコ・ベラルディーノが今回の偵察行の実行者に選ばれたのには、合理的な理由がある。

この世ならざる力を、感じ取ることができるのだ。

悪しき力、聖なる力、どちらでもない力。

人の力の及ばない天然自然の中には様々な力が満ちていて、しかも常に転変としている。

厳しい修行を積んだ僧でも、こういう力を感じ取ることができる者は片手で足りるほどに限られているのが実情だ。

それだけに、エンリコに課せられた使命は重大だった。

「ご注文はお決まりになりましたか？」

先程の給仕が尋ねて来るが、エンリコは何も答えることができない。

よくよく考えてみれば、こういう店で何が出て来るのかを知らないのだ。

大司教の下で古典回帰派の厳しい修行を積んでいる時は、パンとシチュー、それに水で割ったワインを嗜む程度である。後は精々がプディングか。

肉や魚はほとんど摂らず、むしろ野菜の比重が高い。

「何か、温まるものを」

言ってしまってから馬鹿な注文だと思う。

だが、意外にも給仕はにこりと微笑んで頷いた。

照燈持ちの扮装が、こういう店に慣れていない若者といういい意味での誤解を与えたのだろうか。

何にしても、よかった。怪しまれずに済んだらしい。

改めて見回すと、店内は程々に賑わっている。

幸いにして、まだ不審の目は向けられていないようだ。

油断することはできない。ここが異教の信仰渦巻く魔女の塒であるという可能性は、まだ拭い去られたわけではない。

ただ、異教の祭壇から感じる不思議な力をどうしてもエンリコは邪悪なものだと断じることができなかった。

「お待たせしました、茶碗蒸しです！」

「ありがとう」

朗らかな笑みに気圧《けお》されそうになりながら、器を受け取る。

運ばれてきたチャワンムシという料理は、具入りのプディングらしい。

名前の響きこそ異国風だが、これならば馴染みがある。

それにここが魔女の塒であるかどうかを判断するのにも、具入りのプディングは御誂《おあつら》え向きだ。

チャワンムシを前に、エンリコは世界に満ちる声に耳を澄ませた。

エンリコの理解では、世界は驚異と奇蹟に満ちている。

太陽や月といった天体の運行ほど大きな問題と考えなくても、日々接する物事の総《すべ》ては、神の深い愛に満ちてその振る舞いを決めているのだ。

だから、具入りのプディングにも神の恩寵《おんちょう》は宿っている。どういう順番で中から具が現れるかで、神の意志を占うのだ。

これが、エンリコが長く厳しい修行の果てに身に付けた御業の一つだった。

歴とした卜占《ぼくせん》である。

文字を書き連ねた羊皮紙の上に銅貨を滑らせる方法や占星術と同じく、教導聖省の古い記録にも記された方法だ。

最近はヒュルヒテゴットの推し進める改革の所為で古い占いは時代遅れのように言われるが、大司教はエンリコの御業を高く買ってくれていた。

木匙を手に取り、精神を一統する。

居酒屋ノブを満たす喧騒が次第に遠ざかり、目の前にあるチャワンムシだけが段々と存在感を増していく。

心中に思い浮かべた水面が全く凪《な》いだ時、エンリコは問いを発する。

（……教導聖省は、どういう存在として在るべきでしょうか）

ゆっくりとチャワンムシに木匙を差し入れると、何かの具に触った。

これが、答えだ。

静かに掬い上げてみると、それは白い半円状のふるふるとした薄い食べ物だった。縁が桃色に色付けされている。

「それはかまぼこです。魚の練り物なんですよ」

集中の外から、給仕が声を掛けてきた。

水の中に揺蕩いながら外の音を聞いている時のように、妙に歪《ひず》んで聞こえる。

カマボコ。

この半円はつまり、世界の半分を表す。

なるほど。教導聖省は宗教の世界を占め、そのほかの事は皇帝や王に委《ゆだ》ねるべしという古い教えの通りという訳だ。

次の質問に移りたいが、その為には匙を空にしなければならない。

密偵として怪しまれないために、食事をしている風を装わなければ。ただそれだけのことと思って口に運ぶ。

だが、エンリコは思わず匙を取り落としそうになった。

美味い。

とろふわなめらか美味い。

修道院で供される味気のないプディングとはまるで違う。

カマボコも、いい。このくにくにとした食感は食べたことのないものだ。

圧倒的に濃厚で濃密で事態を伴《ともな》った味わい。こんな食べ物がこの世に存在し得たというのか。

いや、これこそが魔女の操る魔法の一種なのかもしれない。

勢い込んで次の一口を掬おうとするが、寸でのところで自制する。

違う。そうではない。これは対話であり、問いかけなのだ。集中を乱すな。魔女の術中に嵌まってはならない。

精神を落ち着けるためにも、普段からよく尋ねる質問を発する。

(神の存在とは、如何なるものなのでしょうか?)

念じながら、匙を差し入れる。

すると、また何かに当たった。菜っ葉のようだ。

何だろうと思って匙をつぶさに見つめると、そこには信じられないものがあった。

「それは三つ葉ですね」

ミツバ。三つの葉であって、同時に一つでもある。

男神、女神、そして太陽。これは神の三態を表しているということだ。

対話は、成っている。これならば、問題なくこの店のことを尋ねることもできるはずだ。

しかしその為にも、一口。

これは食べたいから食べるのではなく、匙を空けるために食べるのだ。

決して欲望に堕したわけではない。

ぱくり。

口に含むとその菜っ葉がただ蒸されただけではないということが分かる。

先に一度下茹でをされ、味付けもされているらしい。

そうでなければこんなに美味いわけがない。

美味しいではなく、美味い。

どうしてこんなに美味いのだろうか。

エンリコの心にふとした迷いが生じる。

次に発するのは、本当に「ここが魔女の塒か」という問いでよいのか。

もしここが本当に魔女の塒である、という答えが得られれば、エンリコは聖職に連なる者として
この店を即刻立ち去る必要がある。

そうなると、チャワンムシの残りはどうなるのだろう。

客の食べ残しとして、捨てられてしまうのではないだろうか。

それは、いかにも惜しい。

なんとか最後までチャワンムシを食べる方法はないだろうか。

方法は、ある。

チャワンムシを食べる最後の一口で、問いを発するのだ。

そうすれば、たとえここが魔女の塒であったとして、チャワンムシを食べ切ってから立ち去ることができる。

問いを発するたびに、匙は具を見つける。

時を作る鶏。中身ではなく、問い続けることが大切だと示すユリネ。悠久《ゆうきゅう》の時を経ても連綿《れんめん》と種を残し続けるというギンナン。

どれも、問いに対して納得のいく答えの具材が導き出された。

そして、美味い。

気付けば茶碗の中には残り一匙分が残るばかりである。

名残惜しいが、エンリコは最後の問いを発した。

(この店は本当に魔女の塒なのでしょうか)

魔女の塒であれば、それを指し示す具が入っている筈だ。

しかし、匙の上にはふるふると震えるチャワンムシの生地が載っているだけだった。

占いの結果は、白。

最後の一口を匙まで舐《ねぶ》りながら、エンリコは考える。

本当にここは魔女の塒ではないのか。

確かに、この和気藹々《わきあいあい》とした雰囲気を見る限りでは、ここが信仰に仇《あだ》なす邪宗の園とは到底思い難い。

元々、この店が怪しいという情報はダミアンからのものだけなのだ。

古都《アイテーリア》に魔女が居ることは古典回帰派にとって重要だが、何もこの店がそうである必要はない。

何より、チャワンムシが美味いのだ。

占いに正確を期すために、もう一つチャワンムシを頼もうか。

そう思った時、エンリコは背後から強烈な視線を感じた。

これは人のそれではない。

慄《おのの》きながらそっと後ろを振り返ると、そこには誰もいなかった。

ただ、異教の祭壇が祀られているだけだ。

「お客さん、神棚がどうかしました?」

給仕がカミダナと呼ぶ祭壇には、間違いなく何かが棲んでいる。

邪悪なものではない。聖性を帯びた何かだが、それが何なのかはエンリコの想像の埒外《らちがい》だ。少なくともこれまでに感じたことのあるものではない。聖獣の類《たぐい》だろう。それも恐ろしく歳を経た、力のある存在に違いない。

「ご、御馳走さま!」

懐から銀貨を取り出すと、エンリコは給仕に押し付けるように手渡して秋雨降り頻《しき》る古都の夜へと飛び出した。

何が魔女の塒だ。

あれだけ高位の聖獣、恐らくは狐か何かの精が強固に守護するこの店に、魔女などが入り込めるはずがない。

やりきれない想いと空《す》きっ腹を抱え、エンリコは大司教への報告をどうしようかと頭を悩ませていた。

小さなお客と煮込みハンバーグ

雨の多い古都《アイテーリア》の秋にも、時折からりと晴れ渡る日がある。

陽の光は弱々しく外套《がいとう》は手放せないが、それでもありがたいということに変わりはない。

そういう日をこの辺りでは〝冬籠もりの仕度日〟と言って、薪を集めたり屋根の修繕に充てたりする。大掃除も、この日に済ませてしまう家が多い。

今日のエーファはいつもより張り切っていて、店の掃除に余念がない。

そんないい日なのだが、居酒屋のぶには昼間からジョッキを片手に管《くだ》を巻いている酔客がいた。

アルヌである。

手に持った羊皮紙の束を相手に、先刻から繰り言を呟き続けていた。

「アルヌさん、もうそれくらいにしたらどうですか?」

「シノブさん、まだこれは一杯目。一杯目です」

言われなくてもそんなことはしのぶが一番よく知っている。

喧嘩は滅法強いのにその分、酒には全くの下戸《げこ》であるアルヌは、ジョッキ一杯どころかビールの三口ほどでへべれけになってしまう。

馬丁宿通りをトボトボと歩く姿が余りにも哀れを誘ったので声を掛けてみたが、さすがにここまで酷い状態だとは思わなかった。

原因は、吟遊詩人クローヴィンケルとやりとりした手紙である。

「他の人には個性的で見るべきところがあるって言われていたんだがなぁ」

アルヌの呟きを余さず聞いているわけではないが、どうやら随分とはっきりとした感想が書いてあったらしい。

信之は何も言わずに鍋でソースを作っているが、複雑な表情だ。

日本人であるしのぶと信之には、アルヌの詩の出来不出来は分からない。

それでも、だしまき玉子が気に入ったクローヴィンケルという老吟遊詩人の詩は、とても美しく耳に響いたのだ。

比較をするとやはり、アルヌの詩には何かが欠けているという気がする。

「クローヴィンケルさんに、何か言われたんですか？」

堪り兼ねてしのぶが声を掛けると、アルヌは小さく頷いた。

ゴロッキを叩きのめした時の覇気《はき》に溢れる姿からは想像も付かない落ち込みようだ。

「〝言葉はよく知っている。音韻《おんいん》の選び方も、悪くない。古歌の形式への造詣の深さは、なかなかのものがある。ただ、根本的なところで詩に必要な彩りが欠けている、これは才能に属する分野の話で、努力では越え難い〟とか」

「アルヌさんはどう応えたんです？」

「〝これからの一生を、壁に頭をぶつけながら生きて行きます〟と」

思わず噴き出しそうになるのを、しのぶは寸でのところで堪えた。

「笑いごとじゃないですよ、シノブさん。オレは本当に吟遊詩人になりたい」

「それでも難しいって言われたんですか？」

「クローヴィンケル先生によると、オレの詩は逃避だと。本当にやらなければならないことから目を背け、逃げるために書いているのが分かると。あの大先生にはそういう風に見えるらしいのです。〝あなたの言葉は人を愉しませるのでなく、人を生かすために使うべきだ〟。全く、大した先生ですよ」

あの老吟遊詩人は、確かに凄味のある人物だった。

味に迷いのある信之の料理を、たったの二口で看破したのだ。

信之はあの一件以来、思い付きで料理を店に出すことがない。

奇抜に見える料理でも入念に下準備をして、満足のできる味になるまでは人に食べさせようとしなくなった。

その審判を最後に下すのは、しのぶの舌だ。

居酒屋のぶを古都で続けていくに当たって、信之は物珍しさよりも料理人としての腕を磨く方に重きを置くことに決めたらしい。

きっかけの一つは、間違いなくあの老人だ。それ以外にしのぶの知らない何かがあったのかもしれないが。

「それで、これからどうするんですか?」

アルヌの返答は言葉ではなく、ビールが喉を鳴らす音だった。

酒に溺れたい日もある、ということだろう。

しのぶは小さく首を竦めた。後でイーサクに迎えに来て貰わないといけないかもしれない。

信之の鍋から美味しそうな香りが漂いはじめた頃、硝子戸がおずおずと開けられた。

顔を覗かせたのは、二人連れの可愛らしいお客さんだ。

「え、エーファお姉ちゃんのお店はここですか!」

「ですか!」

「はい、そうですよ。いらしゃいませ」

「……らっしゃい」

「いらっしゃいませ!」

いつもの挨拶に、今日はエーファも加わっている。

それもそのはずで、この二人の客はエーファの弟と妹だ。名はアードルフとアンゲリカ。

二人ともエーファとよく似た赤毛で、今日の為にお洒落をしてきている。

のぶから支払った賃金で、エーファが服を買ってあげたことをしのぶと信之は傭兵二人から聞かされていた。

二人は、遊びに来たのではない。姉であるエーファにいつも持たせているお土産への礼を言いたいのだという。まだ十歳くらいの子供にしては大人びた考えだとしのぶは思うのだが、こちらの世界ではこれが当たり前なのかもしれない。

六歳のアンゲリカはまだぬいぐるみを引き摺っているが、大きな目いっぱいに好奇心の光を湛えている。エーファに似て、賢くなりそうだ。

「これはいつもエーファお姉ちゃ、じゃない。姉がお世話になっているお礼です。どうぞ召し上がって下さい」

「ください！」

そう言ってアードルフが手渡してきた頭陀袋《ずだぶくろ》には、小振りな林檎が一個とじゃがいもが入っている。まだ土の付いたじゃがいもは日本で見る者より小ぶりだが、持ち重りのするよい出来だ。

「ありがとうございます。こちらは大切に頂戴《ちょうだい》しますね」

子供相手の言葉ではなく、しのぶは大人にするような挨拶をした。

じゃがいもの袋を手渡すと、信之は感心したように声を漏らす。

「ちゃんと林檎を入れてるんだな」

じゃがいもは林檎と一緒に袋に入れておくと、保存状態がよくなる。

こういう知恵は、日本でも古都でも共通のものらしい。

「さぁ、お客様、こちらへどうぞ」

案内するのは、エーファだ。

弟妹にしっかり働いているところを見せたいのか、いつも以上に張り切っている。カウンターの椅子は高いので、アンゲリカが座るのを手助けしてやるのもお客をよく見ている証拠だ。

「あっ、でもぼくたちはお礼を言いに来たんであって」

慌てるアードルフを、エーファが無理矢理席に座らせた。

「そんな堅苦しいことは言わないの。さ、座って」

すっかりお姉さん風のエーファに接客は任せ、しのぶは改めて頂きもののじゃがいもを検分する。

形は男爵よりもメークインに近い。

ほくほくした男爵と、煮ても崩れにくいメークイン。どちらに性質が近いかは、料理してみなければ分からない。

「大将、せっかくだから貰ったじゃがいもを何かに使えない？」

すっかり酔い潰れてしまったアルヌにタオルケットを掛けてやりながら尋ねると、信之も同じことを考えていたようだ。

「そうだな。せっかくだから、付け合せにしてみるか」


くつくつと鍋の煮える柔らかい音が店内を満たす。

信之が作っているのは、煮込みハンバーグだ。

焼き上がったハンバーグがとろみのあるデミグラスソースの中でゆっくりと煮えていく。

今日の持て成しの為に、どういう料理を出すかエーファを交えて三人で考えた結果、食べ盛りのアードルフの為に、何か肉料理がいいだろうということになったのだ。

信之にとっては、作り慣れた料理でもある。

古巣である料亭ゆきつなが毎年クリスマスにだけ店に出す、特別料理の一つがこの煮込みハンバーグだったのだ。塔原直伝のハンバーグは、子供でもお年寄りでも食べやすいようにやわらかく丁寧に煮込むのがコツだ。

行儀よく座る二人のお客には、手際よくじゃがいもの皮を剥く信之の早業が珍しく映るらしい。目を皿のようにして見つめる姿は、まるで手品でも見ているかのようだ。

「そんなに早く切って、間違って指を切らないんですか？」

「修業したての頃は時々切ってたかな。今はもう慣れたからね」

子供相手には意外に気さくなところを見せる信之は、喋りながらもじゃがいもを食べ易い大きさに切っていく。

油を温めながらにんにくを潰しはじめているところを見ると、フライドポテトにでもするのだろう。あれは美味しい。後引く味だ。

揚げたにんにくチップを添えたポテトは後引く美味さだが、しのぶのような接客業では翌日が休みでない限りは食べることができない。

まだ幼いアンゲリカは信之の手並みにも、エーファの動きにも興味があるらしく、ちらちらと視線を彷徨わせている。

ポテトが油の中でカラカラといい音を立て始めると、そちらも気になるらしい。カウンターに置いてあるソルトミルも気になるようで、弄ってみてはアードルフにぴしゃりと手を叩かれることを繰り返している。

「可愛い御弟妹じゃない」

「すみません、お恥ずかしいところを」

店の側に立つべきか姉弟妹の側に立つべきか迷っている風なエーファは、頬を赤らめてお盆で顔の半分を隠す。

兄妹仲があまりよくなかったしのぶにしてみると、羨ましい限りだ。

「さ、お待たせしました」

信之が皿を差し出すと、二人はわぁと歓声を上げた。

ハンバーグはとろりとしたシチューに浸かって美味しそうな香りを立てている。試作品を味見したしのぶは、味を思い出してにやけそうになった。

ナイフとフォークが要らないくらいに柔らかく煮込んだハンバーグは、スプーンで食べる。付け合せのざく切りフライドポテトには、星型のピック。

子供でも簡単に食べられるようにという配慮だが、思ったよりも大人びたことを言うアードルフには少し失礼だったかもしれない。

二人はスプーンで崩すようにハンバーグを掬い、デミグラスソースと絡めて口に運ぶ。

次の瞬間、二人の目は大きく見開かれた。

「美味しい！」

「おいしい！」

こうなるともう、止まらない。

これほど柔らかく煮込んだ肉は、生まれてはじめて食べるのだろう。

荷崩れしないように小振りに作ったとは言え、アードルフはハンバーグ一つを二口でぺろりと平らげ、次の一個に取り掛かる。

大人びたところもあるが、口の周りをシチューで汚してしまうのはまだまだ子供っぽい。

まるで気にせずに頬張るところをみると、余程気に入ったのだろう。柔らかく煮込んだ信之のハンバーグは口の中でほろりと崩れる。

それでいて肉汁《にくじゅう》がたっぷり詰まっているのは、最初の焼き加減が命なのだという。

肉の旨みとシチューのコクが絡み合って、子供だけでなく大人も楽しめるのがゆきつなの煮込みハンバーグだ。しのぶはこれを行儀悪くハンバーグ丼にするのが好きだった。

アンゲリカも一所懸命スプーンを使うが、ハンバーグが崩れてしまう。そこにすかさずエーファが手を添えてやるのはいかにもお姉さんらしい気遣いだ。家でもこういう団欒《だんらん》があるだろう。

誰かが美味しそうにものを食べているのを見ると、不思議と幸せな気持ちになる。それが子供となればなおさらだ。

古都の人は食べ物を食べてよく笑う。

しのぶが居酒屋のぶを続けているのは、こういう笑顔を見るためなのかもしれなかった。

「しのぶちゃんも、どうぞ」

差し出されたのは、アードルフが持ってきたじゃがいもを揚げたフライドポテトだ。もちろん、にんにくチップは添えていない。

一口齧ってみると意外なほどに味が濃い。

舌触りはメークインに似ているが、ねっちりとした食感は少し里芋を思わせる。自然と笑みの零れるような味わいだ。

調理の仕方次第では、さらに化けるかもしれない。

「どう思う？」

「この芋、煮た方が美味しくなると思う。例えば……」

「肉じゃが？」

しのぶはもう一口フライドポテトを齧りながら、力強く頷いた。

エーファの家で育てているこのじゃがいもと、信之の出汁。

これなら、かなり美味しい肉じゃがが作れるかもしれない。

べとべとになった口の周りをエーファに拭いて貰っていたアンゲリカが、不思議そうに呟いた。

「お姉ちゃん。ここって、本当に魔女のお店なの？」

ぱしん、という軽い音がして、アンゲリカが泣き始める。

頭を叩いたのは、アードルフだ。

「そんなこと言っちゃ駄目だろ！」

「アードルフ！」

そのアードルフを、今度はエーファが叱る。

魔女の店。

そんな風に言われているというのは、知っていた。

常連客が笑い話として教えてくれたのだ。それも、一度や二度ではない。

根拠もよく分からないし、これまでなんとも思っていなかった。

だが、アンゲリカのような小さな子供でも知っている噂となると、なんだか妙な気分になる。

魔女が古都に居るのではないか、という話は、もう既に事実のように語られていた。会ったことがあるという人まで現れている。

こういう話が広まるのは、あまりよくない兆候《ちょうこう》かもしれない。

「アンゲリカ、その話って、誰から聞いたの？」

「みんな言ってるよ。居酒屋ノブは魔女の店だって」

またアンゲリカの頭を叩こうとするアードルフの手首を、エーファがはっしと捕まえる。その様子を見るともなしに見ながら、しのぶはぼんやりと別のことを考えていた。

この店のこと。

古都での暮らしのこと。

そして、魔女のこと。

噂がどういう噂なのかはっきりとは分からないが、あまり悪いことにならなければいいのに、と思う。

しのぶは、美味しいものをお客が食べて喜ぶところが見たいだけなのだ。

半べそをかきそうなアンゲリカを宥めるために、冷蔵庫から食後のプリンを取り出した。

イングリドとカミラの分は、別に分けてある。

最近、イングリドはアルヌとよく一緒に飲み歩くようになった。詩がクローヴィンケルに受け入れられなかったアルヌの愚痴をイングリドが聞いてやるという仲のようだ。

古都に越して来たばかりで知り合いも少ないイングリドにとって、いい話し相手なのだろう。

昨日来た時には、イングリドの首から例の護符《アミュレット》が掛かっていた。

アルヌはクローヴィンケルと出会うことができたから、この護符はお役御免ということか。

「ごちそう様でした!」

「でした!」

プリンの容器は洗う必要もないくらいに綺麗になっている。

二人とも、やはり甘い物が好きなのだろう。

「シノブさん、すみません。これで足りますか?」

申し訳なさそうにアードルフがカウンターの上で開いた袋の中には、ぎっしりと銅貨が詰め込まれていた。

きっと小遣いや駄賃を貯めたものなのだろう。

「今日はいいのよ。お礼に来てくれた二人をお持て成ししただけだから」

「でも……」

なおも渋るアードルフの手元から小遣いの詰まった革袋をそっと取り上げ、エーファがポケットに押し込んでやる。

「厚意に甘えることを知るのも必要だからね。タイショーさんとシノブさんにお礼を言って」

「本日はどうもありがとうございます」

「ありがとう！」

丁寧にお辞儀をする二人を見て、しのぶは信之と微笑み合う。

穏やかな秋の日は、皆の笑顔と共にゆっくりと過ぎて行った。

魔女と大司教

魔女狩りがはじまった。

そういう噂が流れはじめたのは、小雨の降り頻る秋の夕暮れのことだ。

大司教の紋が入った馬車が、古都《アイテーリア》の路地で人を次々と乗せているのが目撃されていた。道行く人の影は疎《まば》らになり、ゴロツキでさえ姿を見せなくなっている。

いなくなったのは一人や二人ではない。既に十人以上が古都郊外の使われなくなった屋敷に連行されたという噂だった。

大市の祭りが近いというのに、古都は異様な雰囲気に包まれている。

「しのぶちゃんも気を付けた方がいいんじゃないかい」

そう言ってジョッキを傾けるのは硝子職人のローレンツだ。目の周りに青痣《あおあざ》があるのは、息子のハンスと大喧嘩したからだという。

衛兵隊でベルトホルトに絞られているハンスと喧嘩をするというだけでも十分に凄いが、引き分けてしまったというのだからさらに凄い。

久しぶりの親子喧嘩で食欲に火が点いたのだろう。

水おしぼりで冷やしながら、天ぷらを肴にさっきからもうビールが七杯目だ。

「気を付けるって、魔女狩りですか？」

「そうそう。手当たり次第って噂だからさ」

八杯目を要求するローレンツをそっと制しながら、しのぶは顎に指を付けて考える。

いったい、なんのために魔女狩りなんてするのだろう。ここ百年ほどは行われていなかったという話を聞いてはいた。一年近く暮らして古都の事情のことにはそこそこ通じてきた気がするが、宗教関係はさっぱり分からない。

歴史の授業で習った宗教に似ていると思ったのだが、よく聞いてみると全く違うもののようだ。

「こういう時に限ってエトヴィンのじいさんはいないしなぁ」

牛すじの土手焼きで熱燗をやっているニコラウスが、助祭の指定席になっていた隅《すみ》のカウンターを見ながら恨めし気に呟く。

大司教が来た日以来、エトヴィンはその姿を忽然《こつぜん》と消していた。確かにあの飄々とした助祭がいれば、確かに何か手を打ってくれたかもしれないという気分にはなる。

「なんだか物騒な話ですね、魔女狩りなんて」

「みんな怖がっているからな、次は自分の番ではないかと。それとナポリタンをもう一皿頼む」

ゲーアノートは一見すると相変わらずの様子だが、市参事会として大司教に苦情を申し立てが上手く行っていないことに腹を立てているらしい。暖簾に腕押し、糠《ぬか》に釘《くぎ》。

相手が交渉のテーブルに着かないことには、弁舌で相手を言い負かすこともできない。

何よりもナポリタンの調和を重んじる彼が普段よりもタバスコの量を増やしているのは少し苛ついているからだろう。

「なんとか止めて貰うことはできないんですか、ゲーアノートさん」

「抗議はしているさ。大司教の側では知らぬ存ぜぬだがね。本来なら、古都は帝国直轄領だから大司教だからと言っておいそれと手出しはできない決まりになっている。話が大きくなれば、帝国と聖王国《ルブシア》の政治問題だ。それを知っているからこそ、市参事会の統治権が曖昧な城壁の外で魔女狩りごっこに興じているのだろうが」

先代の市参事会議長だったバッケスホーフ時代には、大司教に古都の聖堂の長を兼ねて貰うという案もあったようだ。そうなれば管区内で古都にだけ影響力を及ぼすことのできない大司教が、大きな発言力を古都に有することになる。

大司教側からの強い要請があったらしいが、それもバッケスホーフの件で沙汰止《さたや》みになった。

今にして思えば、それが正解だったのだろう。そんなことを許していたら、魔女狩りはもっと早く起こっていたかもしれない。

「城壁の外を治めている領主にお願いするっていうのは？」

「サクヌッセンブルクの大殿様は教導聖省にも顔が利く。本当ならもう事を収めてくれていてもいい頃なのだが……どうも病気で臥《ふ》せっているのではないか、という噂でな」

「どうにも上手く行きませんね」

軽く溜息を吐きながら信之の方を見る。

魔女狩りがはじまったという噂が流れた段階で、信之はヘルミーナとエーファを家に帰していた。事態が落ち着くまで、二人は家にいて貰った方がいいという判断だ。こういう物騒な時は、あまり出歩くべきではないとも言い含めてある。

それに、人手不足を嘆く心配もない。

いつもなら満席になってもおかしくない時間帯なのに、今日いるのは常連三人だけである。

さすがにこの雰囲気では、古都の人々も呑気に飲み歩こうという気分にはならないようだ。

「魔女と言えば、天ぷらにきのこが入らなくなったんだな」

「何事も用心ですからね」

海老の掻き揚げを半分に割りながら呟くローレンツにしのぶが応える。古都では大昔の魔女狩りを反省してきのこを断つ習慣があると聞いたのは、つい先日のことだ。

秋はきのこの美味しい時期だが、こういう状況では出さない方がいいだろう。

皆が何とは無しに居心地の悪さを感じている。

それはしのぶも例外ではなかった。魔女として連行されている人の基準も分からないし、魔女狩りそのものがしのぶには理解できない。

一つ救いがあるとすれば、古都の住民も魔女狩りには違和感を覚えているということだ。

これまでに常連を含め、誰も魔女狩りに賛同している人はいない。古臭い、恥ずべき過去だと思っている。

「しのぶちゃんたちはさ、故郷に帰ったりしないの？」

土手焼きをつつきながらニコラウスが尋ねる。

聞かれてはじめて、しのぶは日本に引っ込むつもりがない自分に驚いた。トリアエズナマ騒動の時にも思ったが、どうやら余程古都のことが気に入ってしまったらしい。どうしても別の世界の出来事とは思えないのだ。

それに、日本へ帰ることはあっても、本当の意味で実家に帰ることはもうないだろう。

「私の郷は遠いですからね。随分と」

精神的にとは付け加えられずに、しのぶは曖昧な笑みを浮かべる。

信之が肩を小さく竦めたようだが、気のせいかもしれない。

「私はここでお店を続けますよ。それに魔女騒動だって意外にすぐ終わるかもしれませんし」

「それもそうだな。捕まってる人たちは心配だが、まぁすぐに終わるだろうさ」

八杯目を信之に注いで貰ったローレンツが豪快に笑う。

つられて笑おうとしたところで、しのぶの拭いていた皿が床で大きな音を立てた。安く買ったが気に入っていた平皿は粉々に割れている。

「大丈夫?」

覗き込む信之に小さく頷きながら、しゃがんで破片を拾う。

ちくり、と刺すような痛みに指先を見ると、血が滲んでいる。こんなことは珍しい。

人差し指を口に含みながら、湧き起こる妙な不安にしのぶは圧し潰されそうになっていた。

古都の夜は、静かに更けていく。夜明けはまだ少し、遠そうだった。

明け方から降りはじめた雨はいつの間にか湿った雪へと変わっていた。

何処かで一羽、雪待鴉《ゆきまちがらす》が啼《な》く。

秋撒き小麦の種子が眠る畑の土に白く化粧をするように雪が舞い落ちている。

見渡す限りに拡がった黒土の畑はそれでも古都の人々の胃袋を満たすには足りない。旺盛《おうせい》な食欲を支えるため、古都は近郊から様々な物資を買い付けている。

その為に整備された街道を黒塗りの馬車が一輌、悠然と走っていた。

所有者を示す紋は、管区大司教のものだ。行き違う農夫がそれを見て、恭しく頭を下げる。

しかし、敬意を受けるべき大司教はこの馬車の中にはいない。

今、この馬車を走らせているのは、ダミアンという小男だ。

全てが順調だった。

上手く行き過ぎていると言ってもよい。大司教に取り入り、古都で魔女狩りを復活させる。

その狙いは一つ、あの忌々《いまいま》しい居酒屋ノブだ。

ブランターノ男爵家とバッケスホーフ商会。二つの職を失ったのは全てあの居酒屋のせいだった。

復讐は、生半《なまなか》な手段では足りない。

馬車は大門を潜り滑らかに古都の市街へと吸い込まれていく。

管区大司教の紋がある限り、余計な誰何《すいか》さえもない。

石畳で舗装された道を、馬車は往《ゆ》く。

古都の中心である中洲のほど近く、古都で最も格式ある旅館〈四翼《しょく》の鷲《わし》〉亭の前で馬車は停まった。バッケスホーフに連座してお尋ね者とされていた時であれば門前払いされていたであろう宿に、さも当然という顔をしてダミアンは迎え入れられる。

「どういうことだ、ダミアン。どういうことなのだ」

部屋に入るが早いか、食って掛かったのはエンリコだ。

なかなか頭はいいのだが、妙な占いに凝っている。そのせいで資料整理の閑職《かんしょく》に回されたところを大司教が拾ってやったという男である。

「どうされました、エンリコ殿。大司教猊下《げいか》の御前です。落ち着かれては」

「これが落ち着いていられるか。街は魔女狩りが始まったという噂で持ち切りだぞ、ダミアン。古都の市参事会からも抗議が入っている」

「噂は噂です。実際に始まったわけではありませんよ」

郊外の古い屋敷に人を集めているのは事実だ。

それが魔女狩りに思えるように仕向けたのも、事実には違いない。不安を煽り、疑惑の目を居酒屋ノブに向けさせる。流言による風評被害を狙ってのことだが、こちらはあまりうまくいっていないようだ。常連の多い店というのは扱いにくい。

だが、さすがのダミアンも独断専行して魔女狩りをはじめるほど愚かではなかった。

大司教の権限で魔女狩りを行うのだ。その裁可《さいか》がないうちは動けない。

「して、猊下は？」

「礼拝の御時間だ。女神像の前におられる。もうすぐ済むはずだがな」

軽く首を竦め、肩に積もった雪を払いながらダミアンは寝椅子に腰を下ろす。

薪が爆ぜた。

金の掛かった造りの暖炉では今も煌々《こうこう》と火が盛《さか》っている。

この辺りの建物は全て厳しい冬に備えて建てられているが、聖王国生まれのエンリコには随分と寒そうだ。痩せぎすの身体にみっともないほどの厚着をしている。まだ秋だというのに、冬が来たらどうするつもりなのか。

それは、大司教にも言えることだ。

聖王国生まれの聖王国育ち。温暖な南の地で育った大司教には、この辺りの冬はさぞかし堪えるだろう。早くこの地を離れたいという大司教の気持ちをくすぐることが、今のダミアンの力の源泉となっている。

ラガー密輸事件の後、庇護者を失ったダミアンが身を寄せたのは大司教の元だった。

大司教の部下の一人がバッケスホーフ商会からの借金を踏み倒していたということを強請《ゆす》りの種にしようとしたのだが、意外にもすんなりと召し抱えられたのだ。

餓竜《がりょう》も窮鳥《きゅうちょう》は食わず。

古都を離れてしまえば官吏《かんり》の手も及ぶことはほとんどないし、教導聖省の庇護があれば少々の追及は逃れられるという計算あってのことだ。

聖王国生まれのこの聖職者が、故国に帰りたいと望んでいることは、すぐに分かった。

華やかさが足りないことよりも、原因は寒さと食だ。

贅沢に親しんできた大司教にとって、帝国北部での芋中心の暮らしはこの世の地獄としか思えなかったようだ。

「おお、ダミアン。来ておったか」

「ご尊顔《そんがん》を拝《はい》し、恐悦《きょうえつ》です」

特別に設《しつら》えさせた礼拝の間から出てきた大司教のロドリーゴは、大きい。

あまり背の高くないダミアンからすると、まるで巨人のように見える。胴回りも相当のものだが、上背があるのだ。この身体では確かに芋ばかり食べているというのは辛いのかもしれない。

「エンリコからもすでに聞いていると思うが、魔女探しのことだ」

「はい、猊下にはあらぬ噂とはいえご心痛《しんつう》のことと存じます。エンリコ殿にも釈明しましたが、あれは単なる風聞《ふうぶん》です。郊外の屋敷に人を集めたのが、民草《たみぐさ》にはそう映ったのでしょう」

そうか、と頷き大司教は早速手酌でホットワインを飲みはじめた。

酔いたいというよりも身体が熱を欲しているのだろう。

杯はダミアンの贈った物で、内側に鉛が張ってある。聖王国や東王国《オイリア》のものと比べてあまり質のよくない帝国のワインでも味が甘くまろやかになると気に入っているようだ。

呑気なものだとダミアンは内心でせせら笑う。

この大司教は学者としては優秀なのだろうが、謀略家としては大した役者ではない。

多忙な大司教に代わってダミアンが魔女を探すと吹き込んだら、ほいほいと乗ってきたのだ。

古都に魔女がいるかもしれないと報告したら自ら乗り込んできたことは誤算だったが、どうにでもなる。今の大司教の目的は魔女を見つけることだ。どうするつもりか詳しくは聞いていないが、教導聖省の堕落によって魔女が再び発生したとでもいうつもりなのだろう。ダミアンが大司教の立場なら、間違いなくそうする。

魔女を見つけて教導聖省の中央に返り咲く。

そんなことが果たしてできるのかどうかはダミアンにも読み切れないが、魔女を探し出そうという大司教の熱意は本物だ。少なくない金額をこの調査に投じている。もちろん、ダミアンはそこから甘い汁をたっぷりと吸わせて貰っているのだが。

現在、聖王国で実権を握っているヒュルヒテゴットは大した切れ者と評判だ。ロドリーゴが魔女を見つけるだけで彼と戦えるとは思えない。空席の一つある枢機卿に就くことさえ難しいだろう。

「それでだ、ダミアン。街雀《まちすずめ》の囀《さえず》る魔女狩りの噂が根も葉もないということは、よく分かった。それでここから先、魔女探しはどう動くのだ？」

「魔女の塒と疑いを掛けている店があります。そこを、叩きます」

「ふむ、魔女の塒、な。そこには魔女はいるのだろうか」

顎を撫で擦る大司教の後ろで、エンリコが何かを言おうとして止めた。

魔女狩りそのものにあまり乗り気ではないエンリコのことだから、何かつまらない反対意見でも言おうとしたのだろう。

「ご心配には及びません。色々と怪しい噂のある店です。魔女はおりますよ」

「勘違いしてくれるなよ、ダミアン。聖職者としての私は、魔女が居ないことをこそ望んでいるのだ。その店が魔女の塒でなければ、それはそれでよいことだろう」

「仰る通りにございます」

応えながら、これだから図体のでかいウスノロはと毒づく。

こんなところで取り繕っても意味はないだろう。大司教が長年魔女を探しているのは公然の秘密になっている。総身に知恵が回りかねているのではないだろうか。神輿《みこし》の頭は軽い方が担ぎやすいが、あまり莫迦でも扱いに困る。

莫迦が莫迦である分には構わないが、それに巻き込まれて不利益を蒙《こうむ》るのはさらに莫迦らしい。

ただ、その為の備えも忘れてはいなかった。

郊外に集めた人数は、何かあった時に逃げ出すための準備だ。既に内々に東王国の王女摂政宮《せっしょうみや》と話は付けてある。国境を越えさえすれば、後はどうとでもなるのだ。

もちろん、何事もなければそれでよい。

居酒屋ノブに復讐し、大司教と共に古都に居座るのも一興だろう。

今の市参事会の結束は妙に堅いが、内側からなら食い破ることもできる。

甘美な妄想はしかし、大司教の意外な言葉に打ち破られた。

「ではダミアン、その居酒屋ノブという店に今から行ってみるとしようか」

「……今から、でございますか」

鼻歌でも歌い出しそうな気楽さでいうロドリーゴに、ダミアンは卒倒しそうになる。

これから順次、ノブが言い逃れのできないような罠を張り巡らせていく手筈なのだ。

ゴロツキを使った工作や、偽装食中毒事件。ノブで出されているきのこ料理と魔女に関する欺瞞《ぎまん》に満ちた怪文書など、言い逃れのできない証拠を積み重ねていく。

その第一歩として、街に魔女不安の噂を溢れさせたのだ。これはまだ、準備段階でしかない。

「しかし猊下、些か時期尚早《しょうそう》ではありませんか」

振り絞るような声で言うダミアンの顔色に、大司教は眉根を寄せる。

「魔女がいるかいないかは、なるべく早く確かめた方がよいだろう」

「ああ、いえ、しかし」

「そなたも何かと忙しいようだし。郊外の館に籠もりきりでは芋しか食べていないのではないか？　難しい仕事は早く終わらせた方がよい。さ、今から往こう。丁度馬車もあることだ」

大司教に直接手を引かれては、立場上ダミアンも動かない訳にはいかない。

思わず歯ぎしりしそうになりながら立ち上がる。

大丈夫だ。攻め切れる。居酒屋ノブは、魔女の店だ。そう自分に言い聞かせながら、ダミアンは馬車へと乗り込んだ。

大柄な大司教と並んで乗り込むと、先刻と同じ馬車だというのに風景が随分と違って見える。

焦りと悔しさを乗せたまま、黒塗りの馬車は滑らかに動き出した。

◆

愚図ついた天気が朝から続いていた。

低く垂れ込めた雲から降る湿った雪が、昼を過ぎても馬丁宿通りの路を泥濘《ぬかる》ませている。道行く人は少なく、足早だ。

そんな日でも、居酒屋のぶは開店準備に忙しい。

エーファとヘルミーナを休ませているので、店内で働いているのはしのぶと信之だけだ。

それだけなら一年前の開店当初に戻ったようなものだが、イングリドもいる。

昨晩は飲み歩いていたようで、酔い潰れて朝からここで休んでいるのだ。

二日酔いが酷いのか奥のテーブルに突っ伏しているが、生きているか確かめるためにプリンを小皿で持っていくと口だけはもぐもぐと動かしているので、死んでいるわけではないらしい。

魔女騒動が相当堪えているというのは様子を見に来たカミラの言っていたことだった。

まさか今回の一件がイングリドのせいというわけでもないのだろうが、一時は引越しさえも検討していたのだという。

明日出す風呂吹き用の大根の皮を剥いている信之をしのぶがぼんやり眺めていると、店の外が急に騒がしくなった。馬車の走る音と一緒に嘶《いなな》きも聞こえる。

段々と近付く馬車の音はやがて静かに店の前で止まった。

しのぶの背に、嫌な汗が伝う。

居酒屋のぶの常連に馬車で店に乗り付けるような人はいない。よくない予感がする。

馬車の音に気付いて起き出したイングリドが伸びをした。服装は今日も黒のローブだ。

古都の伝承にある魔女も、衣装は黒づくめだと聞いている。もし馬車が魔女狩りのものなら、あまりよくないことになるかもしれない。

裏口から逃がすわけにもいかないし、と考えているところで硝子戸が乱暴に敲かれた。

「い、いらっしゃいませ！」

「……らっしゃい」

いつもより半音高く挨拶してしまうしのぶと違い、信之は落ち着いたものだ。

ただ、何かあればすぐに動けるようにカウンターの中で構えてくれているのがありがたい。

戸が少しだけ引き開けられ、客が押し入るように入ってきた。

いや、正確には客ではない。しのぶのあまり見たくない顔だ。

「やぁ、居酒屋ノブのお歴々。その節は、どうも」

ダミアン。

かつて居酒屋のぶのビールが御禁制品のラガーではないかと疑われた時に、バッケスホーフと一緒にこそこそとしていた小悪党だ。お尋ね者になっていたはずなので、こんなに早く再会するとは思ってもみなかった。

「何のご用でしょうか」

「居酒屋に来たのだから何か酒と美味い肴を、と言いたいところだけれども、そういう訳にはいかない。今日はオレ一人ではないんでね。大司教猊下、こちらです」

そう言って芝居がかった動きでさらに戸を開ける。

頭を下げて潜るようにして入って来たのは、僧服に身を包んだ巨漢だった。

五十の坂は幾つか越えているのだろうが、ふっくらとした肌には張りがあり、歳相応よりも若く見える。僧服と言っても、純白の正絹《しょうけん》に銀糸で刺繍《ししゅう》したそれはエトヴィンの着ているものより幾分仕立てがよい。高位の聖職者に相応しいいでたちだ。

「なるほど。これはなかなかに異国情緒溢れる店構えだな」

赤ん坊のようにふっくらとした掌を擦り合わせながら、大司教は会食に招かれ慣れた人に特有の鷹揚《おうよう》さで、手前のテーブルに席を占めた。奥にイングリドがいるのを見て、笑顔で小さく会釈をする。まるで、品のよい客のようだ。しかし、これも欺瞞かも知れない。

長年の習慣で、しのぶはテーブルに着いたお客にはそっとおしぼりを出してしまう。

受け取った大司教はその温かさに一瞬驚いたようだが、嬉しそうに目を細めるとお手玉の要領で少し冷ましてから手を拭った。

その様子を苦々しく見つめていたダミアンが、大きく一つ咳払いをする。

「今日、大司教猊下をお連れしたのは他でもない。この居酒屋ノブに魔女の塒ではないかという嫌《けん》疑《ぎ》がかかっている。その審判の為だ」

やはり魔女狩りだ。

今回の一件にもダミアンが絡んでいるというのには少し驚いたが、考えてみれば意外でもない。居酒屋のぶへの、意趣返しなのだろう。そういうことくらいは平気でする男なのだろう。

知らず、しのぶの表情も険しくなる。

こういう場合は、信之よりもしのぶが前に出た方がいい。あまり口が達者ではない信之では、丸め込まれてしまうかもしれないからだ。

「ここはただの居酒屋です。それ以上でもそれ以下でもありません」

「もちろん、そうであればいいと思っているよ、古都の為にも」

嫌味な笑みを口元に張り付けたまま、ダミアンは続ける。

「しかしそうとばかりも言っていられない。店の方でも心当たりがあるのではないかね?」

「ありません。私たちは健全に居酒屋を営業しているだけです」

「ほぅ、健全に。なるほど」

大司教は、何も口を挟まない。事の成り行きを興味深げに見つめているだけだ。

実際に魔女狩りを進めているのは、ダミアンなのかもしれない。

「魔女は古い精霊エルフ《アールヴ》と親しみ、白毛の雪狐を友とするという。この店に狐が出入りするのを見た、という声がある。それについてはどうかな?」

「……狐、ですか?」

一瞬、神棚の方に視線を向ける。ここではお稲荷さんを祀っているが、実際に狐を飼っているわけではない。まさか抜け出て悪戯をしているわけでもないだろう。

時々、備えている油揚げや稲荷寿司がなくなっていることはある。だがそれは信之が摘まんでいるのだろうとしのぶは思っていた。

「しらばっくれても無駄だぞ？　正直に話した方がいい」

「いえ、本当に知りません。何も」

ダミアンが小さく首を竦める。強情な奴め、と顔に書いてあるが知らないものは知らない。

審問は続くらしい。ダミアンは羊皮紙を折った物を取り出し、指を舐めて捲《めく》る。

高圧的な詰問《きつもん》は、あまり気持ちのいいものではない。まして、相手はあのダミアンなのだ。

早く終わって欲しいが、相手はこちらを嵌めようとしている。気を抜くことはできない。

「ではきのこはどうだ。きのこは魔女の象徴だ。昔の魔女狩りの記憶から、古都ではあまり食べない食材でもある。それを居酒屋ノブではふんだんに使っているそうだな」

「若い人はあまり気にしないと聞きました」

「気にしないことと風習がないことは大いに異なる。年寄り連中の中には今も律儀にきのこを食べずに暮らしている者もいるのだ」

「それは、私たちが余所《よそ》から越してきたから……」

ダミアンの目が、怪しく光った。片頬だけで笑う表情は粘《ねば》ついた厭らしさを感じさせる。

「余所から。そう、余所からやって来たわけだ、この居酒屋ノブは。見たこともない料理、聞いたこともない店構え。夏でも涼しく、冬でも何故か暖かい。実に素晴らしい。皆が気に入るのも当然のことだ」

身振り手振りを付けて語る姿が、まるで道化師か何かのようだ。

「では、何処から?」

突き刺すような問いに、しのぶは窮《きゅう》した。

答えられない。答えられるはずがない。まさか異世界から来ましたと言って、信じて貰えるはずもなかった。

何処から来たのかが説明できなければ、魔女扱いされてしまうのだろうか。

よく分からないが、相手はダミアンだ。あやふやな部分は格好の餌食《えじき》になる。

「答えられないか? 答えられるはずもないな。この店の存在そのものが魔女の仕業だろう?」

断言するダミアンの言葉が終わるか終わらないかという時に、奥のテーブルからくつくつという笑い声が響いた。

イングリドだ。

笑い声は次第に大きくなり、ダミアンさえも気圧されそうになる。

「なかなか面白い話だけどさ、それは随分と無茶な話じゃないかね」

「……なんだ、お前は?」

「私はイングリドっていうこの店の常連だよ」

訝しげなダミアンの前に進み出ると、イングリドはいつものような飄々とした笑みを浮かべる。

しかし、その目はどこか寂しげで、覚悟に満ちているように見えた。

首から下げた護符《アミュレット》は、今日も青い光を湛えている。

「何処から来たのか分からないという意味なら、ほとんどの者がそうじゃないのかね」

「オレは哲学や神学の問答をしに来たわけじゃないぞ」

「おやまぁ。魔女審判なんて神学問答の最たるもんだろうに」

くつくつと忍び笑いを漏らし、イングリドは続けた。

「例えばサクヌッセンブルク侯だって随分と古い家だが、皇帝家に従うまでの出自は分かっちゃいない。山師、放浪者、山賊か海賊だったんじゃないかという話もある。分かっているのは北の方からやって来たということだけだね。誰でも最初は余所者さ」

「それがどうした」

「古都にはね、そういう出自定かならざる連中がいっぱいいるってことさ。何処の出身か分からなくても、一年もすればそれは古都の人間なんだよ。居酒屋ノブが魔女の塒なら、古都の人間の半分は魔女にしないといけないことになる」

「そんな莫迦げた話をしているんじゃない！」

「いいや、莫迦げた話さ」

憤激するダミアンの鼻先を往《い》なすようにイングリドの議論はのらりくらりとしている。

いつの間にかのぶのこととは関係のないところに話の流れは移りはじめていた。

「いいや、魔女だ。居酒屋ノブは魔女の塒だ」

「そうやって言い募るには少し材料が足りないんじゃないのかね」

「そういうお前は何様のつもりなんだ！　あまりこの居酒屋ノブを庇い立てすると、事と次第によってはお前も……」

唾を飛ばしながら捲《まく》し立てるダミアンに、イングリドは嫣然《えんぜん》と微笑む。

「私かい？　私こそ魔女だよ。正真正銘の」

「正真正銘の、魔女……？」

唖然とするダミアンの顔色が怒りの赤から青褪《あおざ》めたものに変わる。

まさか本当に魔女が出てくるとは思っていなかったのだろう。藪《やぶ》をつつけば、蛇が出てくるかもしれないというのに。助けを求めるように振り向くが、大司教は黙ったままだ。

「そうさ、魔女だよ。お前さんの言っていた深い森に棲み、薬と呪《まじな》いで人の病や怪我を治すという魔女さ。エルフ《アールヴ》とやらにはまだお目に掛かったことはないが」

「お、おま、お前、自分が何を言っているのか分かっているのか？」

「分かっているよ。でも私は教導聖省の敬虔な信徒でもある。礼拝も欠かしたことはないし、聖典も諳《そら》んじられるくらいさ。生き方が魔女だというだけさね」

朗々と述べるイングリドの言葉は、魔女というよりも聖職者のもののように響く。

しかし確信に満ちた言葉は、それを貶《おとし》めようとするダミアンの苛立ちをさらに募らせたようだ。

「莫迦げたことを言うな！　信仰の敵でない魔女など聞いたことがない」

「物知らずが自分の不勉強を棚に上げてそういうことをお言いでないよ。魔女が神と女神を信仰してはならないなんて道理はない。逆に、聖職者が魔女になってはならないという道理もない」

「しかし、魔女だ！」

　ダミアンの声は獣の咆哮《ほうこう》じみていた。物知らずと言われたことに我慢ができなかったのだろう。青くなっていた顔が、もう赤黒く変色している。

「魔女だよ、元聖職者のね。それで私をどう裁くつもりなんだい？　根拠を言ってごらんよ」

「大司教様の御威光によって裁く。魔女だと自ら宣言したものを放置しておいていいはずがない。郊外の屋敷に今すぐ引っ立てて、火炙りに……」

「もうよい」

　遮ったのは、それまでじっと成り行きを見守っていた大司教だ。

「もうよいのだ、ダミアン。お前の魔女探しはこれで仕舞いだ」

「猊下、もうよいと仰いますと？」

「言葉通りの意味だよ。探していた魔女は見つかったのだから」

　呆然とするダミアンを尻目に、大司教はイングリドへと歩み寄る。

　その顔には狩り出すべき魔女を見つけた聖職者の表情はない。むしろ、喜色に満ちている。

「御無沙汰ですね、イングリド先輩。お元気そうで何よりだ」

「御無沙汰も何も私には大司教の知り合いなんかいないよ」とイングリドが怪訝そうに応える。

「お忘れですか、ロドリーゴですよ。教導聖省で一緒だった、〈チビ〉のロドリーゴ」

〈チビ〉のロドリーゴという名前を舌頭《ぜっとう》に転がすイングリドの眉間に刻まれた皺が次第に解け、目が驚きに見開かれた。

「……え、あのロドリーゴ？　だってお前、背が……」

背も伸びたでしょうと大司教が笑う。もっとも、私の方でも最初イングリド先輩だと確信が持てなかったのですが。

その言葉にイングリドがええと頷いた。その瞳には驚きと喜びの色が湛えられていた。

ぱきり、と小さな音を立て、護符が割れる。

青い宝石の嵌まっていた木片はまるで役目を終えたかというように真っ二つになり、宝石がころりと床に落ちた。

「ずっと探していたのですよ、魔女になると教導聖省を飛び出した後も」

イングリドの表情がばつの悪そうなものになる。隠していた悪戯が見つかったかのような顔だ。

「手掛かりなんて何もなかっただろうに……」

「酒と甘い物が名物の場所に、人を送っていました。もちろん、魔女の噂にも」

ロドリーゴの語る魔女探しの物語は今でこそ笑い話だが、信じられない苦労の連続だ。

「プロセリアンドの森にパンプキンのパイをこよなく愛する魔女がいると聞けば人を派遣し、アルヘニアの温泉街に酒好きの魔女が湯治をしに来たと聞けば会議をすっぽかして北へ向かい……」

公式の仕事ではないから正規の部下も使えない。多少怪しげな連中も金で使うことを覚えたが、今回のダミアンについてはさすがに予想外だったという。

「昔から何かに熱中すると他が目に入らなくなる奴だったけど、とんでもない行動力だね」

「今回はかなり期待していたのですよ。先帝陛下もお気に入りの居酒屋がある街だと聞いていましたからね」

「そんな方法で見つかるわけがなかろう……何年かかると思っとるんだ」

「ええ、随分と時間がかかってしまいましたね」

二人の周りだけ、違う時間が流れている。しのぶも信之も、状況の変化についていけていない。

魔女狩りではなく、大司教の目的は魔女探しだったというのか。それも、イングリドたった一人を探していたと。

和やかな空気を打ち破ったのは、ダミアンだ。

「だからどうした！　そいつは自分自身で魔女と名乗ったのだぞ。それも大司教猊下の前でな。魔女が出入りしているこの店も同罪だ！」

喚き散らしながらダミアンは椅子を蹴飛ばす。

が、脛《すね》に当たったのか逆に自分の足を押さえる羽目になった。ダミアンを見つめる大司教の目は憐れみに満ちている。

「魔女だ。お前もお前もみんな魔女だ！　居酒屋ノブは魔女の店だ！　古都にいられなくしてやる。裁かれなかったとしても、一生、魔女の烙印《らくいん》を背負って生きることだな！」

「もう気は済んだだろう、ダミアン」

「猊下、止めないでください。こいつらに魔女の烙印を……」

「そのようなことはできないし、するつもりもない。百年前とは時代が違う」

「では何故、魔女狩りに賛同されたのですか！」

その問いに首を振る大司教の顔には複雑な表情が浮かんでいた。

「私は魔女を探していただけだ。魔女狩りと勘違いしたのはダミアン、そなたの方だぞ」

わなわなと震えだしたかと思うと、ダミアンは脱兎《だっと》のごとく駆け出した。

入口から逃れようとするのを、信之が食い止める。手に麺棒を持つ信之の脇を抜けられないと諦めたのか、あっという間に方向を変え、裏口へと走り去る。

「そっちは！」

しのぶの声も虚《むな》しく、ダミアンは裏口から何処かへと姿を消した。

ぎぃと音を立て、裏口が勝手に閉まる。ダミアンの手を捕まえ損《そこ》ねたしのぶが最後に見たのは、見慣れた日本の商店街の裏道ではなく、どこかの山道のようだった。

◆

扉の先にあったのは見知った古都の路地裏ではなかった。

鬱蒼《うっそう》と茂る森の中、石畳で舗装された道をダミアンはとぼとぼと歩いている。

ただの山道であれば、然程《さほど》恐ろしくもない。出てくるのは精々が山賊か追い剥ぎで、そういう連中の扱いには慣れている。

問題なのはこの山がただの山ではないらしいということだ。

ダミアンは朱塗《しゅぬ》りの木肌をそっと撫でた。これが鳥居というものであることを、彼は知らない。

異教の神殿を守る門と思《おぼ》しきこの朱塗りの構造物が、この山道を支配している。

前を向いても後ろを向いても、千も二千も連なって、ダミアンを逃そうとしない。

随分と長い時間を歩き続けて道の分かれるところまで辿り着いたが、そのいずれもが鳥居によって覆い尽くされている。

「……いったい、ここはどこなんだ」

振り絞るように呟くダミアンの耳に、狐の鳴く声が聞こえた。

魔女に化かされたのか。額の汗を拭いながら、声のした方をきっと睨みつける。だが、何者の姿も見えない。足を動かす気力も萎え、その場にへたり込む。

狐の声が、また一つ。

疲れ果ててすっかり身動きの取れなくなったダミアンが古都の路地裏で見つかるのは、それから数日後のことだった。

思い出のあさり

異世界居酒屋のぶ

いつの間にか霙《みぞれ》交じりの雪は小止《こや》みになっていた。

厚い雲の合間から、微かに夕陽さえ射しはじめている。硝子戸を通して晩秋の柔らかな光が店内を明るく照らしていた。

ロドリーゴはイングリドの隣にゆっくりと腰を下ろす。二人きりで座る居酒屋ノブのカウンターは綺麗に片付いているのに、数十年前の聖王都の雑然とした酒場のことを思い出すのはどういうわけだろう。

「あの頃は金がなくていつも安酒場で水割りばかり飲んでいたね」

「ロドリーゴはいつもミルクばかり飲んでいたけどね」

イングリドの方でも同じ時分のことを思い出していたらしい。

「あれはもういいんですよ。背も伸びましたし」

ワインを搾った後の残りカスを発酵させた蒸留酒は貧しい学僧たちの味方だった。元の度数が高いから、水で割ってもそこそこ酔える。正規に流通している酒ではないので、誰かに飲酒を咎められても言い逃れがしやすいという利点もあった。いいこと尽くめだ。

ロドリーゴとイングリドは、そういう不良学僧の間でも少し名の知れた存在だった。

「あの店のツケ、先輩がいなくなった後にエトヴィンさんが全部払ってくれたんですよ」

「へぇ、あのエトヴィンさんがねぇ。髪と説教だけは長い先輩だったって記憶はあるけど、いいところもあるじゃないか」

「真面目な人でしたからね。今はどこで何をしているのやら」

「前に古都《アイテーリア》で似たような人を見たんだけどね。あの人がまだ助祭ってことはないだろうから、たぶん見間違えだろうよ」

「助祭ということはないでしょう。ヒュルヒテゴット枢機卿の懐刀《ふところがたな》ですから」

「そうだよね。なんにしても打算なしで奢ってくれる人はいい人だよ」

「その代わりぼくが後で研究の手伝いをさせられましたよ。たっぷりと」

ぼくと言ってしまって、しまったと口元を押さえる。管区大司教として猊下と呼ばれるロドリーゴが〝ぼく〟はないだろう。

だが、イングリドは気にした風ではない。口元が綻んでいるところを見ると気付いてはいるらしいが、それをからかうつもりはないようだ。

居酒屋の中を満たす懐かしい空気に、二人して浸かっている。今のイングリドとロドリーゴは魔女と枢機卿ではなく、あの頃の〝先輩とぼく〟だ。

あの頃の淡い気持ちまで蘇《よみがえ》りそうになって、小さく深呼吸をした。今の自分にその資格はない。

ジョッキがいつの間にか空になり、二人とも二杯目に移る。

柔らかな空気と懐かしい沈黙を堪能すればするほど、ロドリーゴの中にある胡椒粒のような罪悪感が段々と大きくなりはじめた。

イングリドに、詫びねばならない。

大司教としてだけでなく、ロドリーゴとしてだ。今回のことも、そしてあの時のことも。

魔女探しにダミアンのような小者を使ったのは、ロドリーゴの失策だった。公務とは言い切れない魔女探しに、正規の部下を使うわけには行かなかったということもある。それよりも、枢機卿選挙に打って出るために、気が逸《はや》っていたということが大きい。

「……先輩」

意を決したロドリーゴだったが、イングリドは笑って掌をひらひらと振って遮《さえぎ》る。

「ロドリーゴ、酒の不味くなる話はまたにしようや」

微笑みながらラガーを呷るイングリドの姿は、あの頃のままだ。老いたというよりも、美しく年を重ねたというべきだろう。こういう風に時を経るということがあるということに、ロドリーゴは不思議な感動を覚えている。

「先輩、どうでしょう。店を変えませんか」

「店を変える？」

「ええ、今泊まっている宿の食堂が、古都の店としてはなかなかでして。東王国《オイリア》風の品書きです。魚はまぁ内陸なのでアレですが、肉は美味《うま》いですよ」

「へぇ」

あの頃はいい店でいいものが食べたいということだけ言い合っていた気がする。

イングリドが聖王国《ルプシア》を去ってから必死に勉強し、それなりの地位に就いた。手当も、人に羨ましがられる程度には貰えている。それでもいつも満たされないのは、一人で食べているからだ。

イングリドと二人で食べて、はじめて飢えが満たされるという気がする。

「でもね、私はここがいいよ、ロドリーゴ」

「どういうことですか、先輩？」

「ここの雰囲気はあの頃に似ているからね。それに、この店は肴が美味い」

イングリドの思わぬ言葉にロドリーゴは思わず首を竦めた。

そんなことがあるものだろうか。この店のある馬丁宿通りは古都でも外縁にある。普通の町ならば、料理といえる代物《しろもの》が出てくるような立地ではない。

からかっているのだろうかとも疑ってかかるが、当のイングリドにそのような気配はなかった。

ただただ美味そうにラガーを啜っているだけだ。

「シノブちゃん、何か美味い肴を頼むよ」

「はい、分かりました！」

イングリドの注文に、シノブと呼ばれた給仕が元気よく応える。

頼んでしまったものはしょうがない。美食に慣れたロドリーゴの舌には合わないかもしれないが、イングリドの勧めだ。貧しい学僧時代に戻ったつもりで、安い肴に舌鼓を打つ振りをしてみるのもまた一興だろう。

それに、今の気持ちなら何を食べても美味しく感じるだろうという確信がある。

ずっと探していた人に会えたのだ。こんなに嬉しいことはない。

きのこ事件。

ロドリーゴのしでかしたあの大失態を庇って聖王都を去ったイングリドがどこかで魔女をしているということしか、手がかりはなかった。最初は簡単に見つかると思っていたのが、これだけ長い年月がかかってしまったのだ。それでも、嬉しいことに変わりはない。

これは吉兆だ。

資金面での後援者だったバッケスホーフを失ったが、枢機卿選挙を戦い抜く活力がロドリーゴの中に湧いてきつつある。

長年探し続けた人と再会できたということは、運が向いてきているということに違いない。神の定め給うた運命にも、予告くらいはあるだろう。

この邂逅《かいこう》は、今まで雌伏《しふく》の時を過ごさねばならなかったロドリーゴにとっては、反撃の烽火《のろし》になるはずだ。

枢機卿の座に就き、中央に返り咲く。そして、古典回帰派を束ねてヒュルヒテゴットの改革派と雌雄を決するのだ。

「お待たせしました！」

シノブの運んできた皿には見慣れたものが盛られている。

「アサリ《ヴォンゴレ》か」

口を突いて名前が出たのは、懐かしさからだった。アサリは貧乏学僧の定番の肴だ。海岸の多い聖王国では、アサリが山のように取れる。旬の時期に熊手で砂浜を浚《さら》えば桶《おけ》をいっぱいにするのに然程時間はかからないほどだ。

学僧は海辺に思索を遊ばせると称して出掛けて行っては、桶にアサリをどっさり取ってきて、それを酒場に二束三文で売りつけるのだ。支払いは金ではなく、酒でお願いする。桶いっぱいのアサリが杯に数杯のワインに化け、学僧たちの思索と議論を飛躍させる燃料となった。肴はもちろん、大量のアサリだ。

懐かしい。

あの頃は食べ飽きて、もう見るのも嫌だと思ったアサリが、今では無性に懐かしく思える。

帝国出身のイングリドと違い、ロドリーゴは聖王国の海辺の出だ。

大司教としてこの地に赴任してから、内陸のものばかり食べているということもあるのだろうが、アサリを一目見ただけで郷愁《きょうしゅう》が呼び起こされる。

とは言え、アサリはそれほど美味いものではない。

それはありとあらゆるアサリ料理を食べ尽くしたロドリーゴの結論だった。

鮮度がよければ美味く食べる方法もあるだろうが、内陸の古都では望み薄だ。

いっそパスタに入れてしまえば目先も変わって楽しめるのだが、さすがに帝国の北辺で聖王国名物のパスタを常備している酒場などあるはずもない。

「こいつは美味そうだ。アツカンを貰えるかい？」

いい銘柄を知っている可能性もある。

帝国のワイナリーは東王国や聖王国に比べるとまだまだだという話だが、イングリドなら安くて
イングリドの頼んだアッカンとは酒の銘柄だろうか。貝料理なら、ワインの白かもしれない。

「オチョコは二つ頼むよ」

「はい、アッカンですね」


こういう趣向もたまにはいい。

美食に飽きたロドリーゴには却って新鮮ですらある。

懐かしさを調味料に昔食べた安い貝料理を食べ、値段と量だけが売りのワインで強《したた》かに酔う。

聖職者にあるまじき振る舞いだが、逆に言えばそんなことを愉しめるのも最後かもしれない。

枢機卿として聖王都に職を奉ずることになれば、こういう莫迦な遊びもできないだろう。

「さ、改めて乾杯しようか」

しかしイングリドが差し出したのは明らかに白ワインではなかった。

小さな素焼きの杯に注がれる酒は無色透明で、酒精の香りが漂っている。

鼻腔をくすぐるその芳しさに、ロドリーゴは思い当たる節があった。アサリだ。

嗅ぎ慣れぬ匂いは何かと考えていたが、この酒のものだったらしい。

「乾杯」

「乾杯」

きゅっと一口飲むと、思わず沁みる。この酒は、鼻と喉とで味わう趣向か。なるほど小さな杯に

するはずだ。はじめて飲む酒だが、味も香りもよい。

芳醇《ほうじゅん》さに騙されて度を過ごすとすぐに酔いが回ってしまうだろう。こういう酒は舐めるようにちびりちびりとやるのが正しい。

思わず笑みがこぼれてしまうのは、自分がいつの間にか酒について論じることができるようになったからだろう。前にイングリドの隣に座った時は、ミルクばかり飲んでいたのだ。

そんなことを考えながら、酒で蒸したアサリに取り掛かる。

行儀など知ったことではない。大司教ではなくただのロドリーゴとして、湯気の香りを楽しみながら大ぶりなアサリを殻ごと摘まんで口に運ぶ。

熱い。そして、美味い。

蒸されているから味が逃げていないのに、臭みも感じなかった。

味を堪能する前に、手が勝手に次のアサリを求めて伸びる。

ちゅるり、
ちゅるり。

貝柱の強情な奴は歯でどうにか削いでやって、アサリを次々に口に放り込む。

アツカンも、よい。

白ワインと一緒に食べても美味いのだろうが、今この場ではアツカンだ。

横を見ればイングリドも次々と空き皿に殻を積み上げている。

食べ続けていると、酒精のせいか腹の底からかっかと熱が上がってくるのが分かる。

冷めた美食では決して味わえない感覚だ。イングリドがこれを勧めてくれたのはありがたい。

十も二十も若返った気になって、ロドリーゴは最後の一個までアサリを食べ尽くした。

常ならば食べ切れぬほどの肴を用意させ、残して見せるのが富裕の表れだと信じて疑わないロドリーゴには珍しいことだ。

「どうだい、アサリもなかなか美味いもんだろう?」

「こんなに美味いアサリが古都で食べられるとは思いませんでしたよ」

噴き出す汗をオシボリで拭いながら、ロドリーゴも相好《そうごう》を崩す。

居酒屋ノブ。実にいい店だ。この店のお陰でイングリドとも再会できたのだ。

ここ暫くは腹痛や貧血に悩まされていたのだが、そういう日頃の鬱屈《うっくつ》も全て消えてしまったという気がする。

いつもの癖で懐から杯を取り出し、シノブにホットワインを頼もうとしたところでイングリドに止められた。

「その杯、少し珍しいものに見えるけれど?」

「ああ、先輩にも分かりますか。例のダミアンという男が贈って寄越したものです。装飾も古代風でぼくの好みに合うんですが、これで飲むと安ワインもまろやかに甘くなるんです」

「なるほどね」

手渡すと暫く矯《た》めつ眇《すが》めつしていたが、溜息を一つ吐くとイングリドは杯を放り捨てるようにシノブに手渡した。

「シノブ、その杯は捨てておいておくれ。誰も拾ったりしないように厳重にね」

「イングリド先輩？」

「それとロドリーゴ、アンタには政争は向かないよ。あまり大それたことは考えずに、適当なところで足抜けしたほうがいいね」

突然のことに呆然としていると、杯を眺めていたシノブがあっと声を上げる。

「これ、内側に鉛が張ってあるんですね……これは確かに使えません」

「どういうことだ？」

応えたのは、イングリドだ。

「……これでワインを飲み続けると、杯の鉛がワインと化合して溶け出すんだ。長く口にすると身体が蝕まれてくるんだよ」

言われてみると、心当たりがある。この杯で食後にワインを飲みはじめた時期から、腹痛や貧血が急に多くなった。気分が塞ぐようになったのも、同じ頃からだという気がする。

「最悪、死に至ることすらある」

暗殺。

そんな言葉が脳裏を過《よ》ぎる。

贈って寄越したダミアンか、その後ろで糸を引いていた者か。どちらにしても、あのまま杯を使い続けていれば……

背筋を冷たいものが伝う。

「人間、向き不向きってものがあるからね。ロドリーゴ、あんた枢機卿なんて目指さないでさっさとどこかの修道院に隠居した方がいくらかマシな老後を送れるかもよ」

　年を重ねても知恵の輝きを失わないイングリドの瞳は、まだチビと呼ばれていたロドリーゴが想いを寄せていた頃と何も変わらない。

　アツカンのお代わりを頼むイングリドの横顔を見ながら、どうしてあの時、自分の方が聖王都を去らなかったのかとロドリーゴは静かに考え続けていた。

肉じゃが

通りから賑やかな子供たちの声が聞こえる。

ここ数日は古都《アイテーリア》のどこの通りでも大市の準備に余念がない。男衆が来年の豊年を祈って藁《わら》で作った大人形を担ぎ練り歩くのは元々農村の祭りだったらしい。

古都に人が集まる中で祭りも持ち込まれたというのは、イーサクの言っていたことだ。

今日もアルヌは居酒屋ノブのカウンターに突っ伏して、日がな一日足をブラブラさせている。

足をブラブラさせるのに飽きると、今度はブラブラしている足が自分の本体だと思い込んでみるのだ。そうすると今度は身体の方がブラブラしているような気がしてくるから面白い。

「いや、面白くはないな」

突然起き上がったアルヌに、タイショーが少し驚くが、また鍋に視線を落とした。

このところタイショーは何か新しい料理の試作をしているらしく、研究に励んでいる。

何を作っているのかはアルヌの与り知るところではないが、試食しているシノブやエーファの反応を見る限りでは居酒屋ノブの新しい名物になりそうだ。

「アルヌさんは祭りの準備はいいんですか」

ぽつりと呟くようにタイショーが尋ねる。シノブが用事で出掛けているので、店の中にはアルヌとタイショーしかいない。鍋の炊ける音に紛れてしまいそうな問いだった。

咎めるような色はない。もしここにいて邪魔なら、とっくに摘まみ出されているだろう。この居酒屋には、不思議と人を包み込むような雰囲気がある。

「厳密に言うと古都の人間じゃないんですよ。だから祭りの輪に加わるのもね」

「ああ、それは」

少し悩んでからタイショーが言い淀んだ理由に思い当たった。

「この店はもう立派に古都の一員ですよ。確か聞くところによればもうすぐ一周年ですよね」

「ええ、そうなんです、実は」

照れくさそうに笑ってみせるタイショーを見て、この店が好かれる理由が何となく分かったような気分になる。皆、素直なのだ。店員が素直なら、常連も。引き寄せられるということだろうか。

「古い法律があるんですよ。その都市に一年暮らせば、都市はその者を住民として認める。だから居酒屋ノブは古都の一員です」

「アルヌさんはどうなんですか？」

「私はまぁ、事情がね」

苦笑を浮かべ、ホウジ茶を飲む。最近のノブでのお気に入りだ。腹の底から温まると、苛々はどこかへ消え去ってしまう。

くつくつという鍋の音だけがまた、店内を満たす。

「……弟が」

「はい」

独り言のように口を出た言葉が、タイショーに聞こえてしまったらしい。

気の緩みだ。あまり、自分のことを話したくはなかったのだが、一度聞かれてしまうと不自然に打ち消すのもアルヌらしくない。

「弟がいるんですよ」

「いくつくらい離れているんですか？」

「三つ、かな」

普段は寡黙だが、どういうわけかタイショーと話しているとするすると言葉が出てくるという気がする。それが少しも嫌ではないのは、本当は自分でも話したがっているのかもしれない。

「弟は私と違って出来のいい奴で、親爺《おやじ》の言うこともよく聞くんです。家業を継ぐのも、弟のほうがいいという人もたくさんいる」

「ああ、それで吟遊詩人を」

「詩人になりたいのは本当ですよ。ただまぁ、ほんの少し当て付けというか、そういう気持ちがあったのも事実ですけど」

タイショーは何も言わず、話の続きを促している。

喋り過ぎているな、と頭の中の冷静な方のアルヌが囁く。この店は、暖か過ぎるのだ。火照った頭は、酩酊したように思わず口を軽くする。

「二年ほど親爺の下で見習いをしたんですけど、少しも面白くなかったんですよ。基本基本の繰り返しで。私はもっと色々なことができると思うんですけどね。新しいことは、全部駄目だと言われてしまう。そういうことは弟の方が向いているんです」

だから家を飛び出した、ということは言わなくても伝わったらしい。

何も言わず、タイショーは頷くだけだ。

「クローヴィンケル先生に詩を読んで貰った時、何かから逃げているって言われたんですよね。それが家業のことだろうということは、分かるんです。でも、向いていないものを継いでも自分だけでなく、みんなが不幸になる。同じことを同じように毎年毎年死ぬまで続けるというのは、私にはできそうにない」

口に出してみて、アルヌは自分が何を考えているのかがはじめて分かった。

同じことの繰り返しが嫌だったのだ。だから旅に憧れ、吟遊詩人を目指した。

考えてみれば、クローヴィンケルの言う通りの逃避だったのだ。詩をたったの数十篇読んだだけで見透かされるような底の浅さだったのか。それとも、クローヴィンケルの眼力か。

どちらにしても、自嘲《じちょう》さえも出てこない。

タイショーが、そっと小皿を差し出した。中にはほんのりと色のついた温かな汁が入っている。

「今度出す料理に使う出汁です。味見してみてください」

頷き、口を付ける。

優しい味だ。それでいて、しっかりとした旨みもある。

「この出汁を引くのに、十四年かかりました」

「……十四年?」

タイショーは若造りだが、三十そこそこだろう。十四年といえば、人生の半分だ。

それだけの年月をかけて、スープの味を定めたということか。

たったスープのことではないかと言いかけて、アルヌは口を噤《つぐ》む。十四年かけて積み上げてきたものを、否定などできるはずがない。

「二年試したってアルヌさんは仰いましたけど、それでは向き不向きは分からないと思います」

「いや、分かった、と思う」

「本当に吟遊詩人になりたいなら、クローヴィンケル先生が言ったような迷いは出ないんではないですか」

喉の奥から、唸りに似た吐息が漏れた。何か言われれば、吟遊詩人も二年では向き不向きは分からないはずだと言い返すつもりだったのだ。それは見事に躱《かわ》された。

未練。

つまりタイショーはそう言いたいのだ。本当は家業を継ぎたいのに、上手くそこに馴染めない自分に対して言い訳をしているということを、突き付けられている。

結局、逃げているのか。そう自問しながら、そっと目を閉じた。

基礎が大事だということは、分かっているのだ。それでも、自分に才能があることを認めて欲しくて新しいことに次々と手を出した。尻拭いは、全て部下がしていたというのに。

目の前に、コトリと皿が置かれる。

盛り付けられているのは、馬鈴薯《カルトッフェル》と肉、それに彩りで人参や隠元が添えられていた。

これまでノブで見たことのない料理だ。今試作しているという例のものか。

「肉じゃがです。お客さんではアルヌさんが食べるのは第一号ですよ」

そう言われると、悪い気はしない。

最近慣れ始めたハシを使って馬鈴薯をそっと割る。荷崩れせずに汁気をたっぷり含んだ芋はハシを割りいれただけでほっこりと仕上がっているのがよく分かる。

口に入れて、驚いた。

ねっとりとした食感はノブで出されるサトイモに近いねっとりとした力強さがある。

だが、これはこの辺りの芋だ。

生まれてこの方、食べ飽きるほどに食べた馬鈴薯なのだ。

安心する味、というのだろうか。湯気を掻き分けるようにして芋と肉とを口に運ぶ。

しっかりと味の染みた味わいは、ノブの他の煮込み料理全てに勝っている。さっき味見したスープの深い旨みが、芋のよさを最大限に引き出しているのだ。

気付いた時には皿の中が空になっていた。

「どうですか？」

「芋がいい。これはノブの、いや、古都の新名物になる」

タイショーがにこりと笑い、つられてアルヌも微笑む。

現金なものだ。

弟に家業を譲るつもりだったのに、今ではもうこの馬鈴薯のことを考えている。

伝手を使って色々な人にニクジャガを食べさせ、この地域の馬鈴薯を売り込む。古都周辺で栽培されている芋は他の地域と少し品種が違うということはイーサクから聞かされていた。

上手く売り込めば、救貧作物という印象の強かった馬鈴薯が新たな現金収入源になる。

そうなれば、これまで貧しかった人々も潤うことだろう。

「アルヌさん、いい顔してますよ」

「そうですかね……？」

少し照れくさくて、タイショーから目を逸らした。

本当は、家業のことが好きなのかもしれない。

やりたいことが溢れ過ぎ、それができないことにままならなさを感じていたと言うことだろう。

なんとも因果なものだ。たった一杯の煮込み料理に、ここ数ヶ月の悩みを全て持っていかれてしまった。自分で自分のことを随分と難しい人間だと思い込んでいたが、案外簡単で単純だったのかもしれない。

タイショーが十四年かけてスープの味を決めたのだ。自分も十四年くらいはがんばってみようという気分になっている。それで駄目なら今度こそ弟にでも家業を譲って吟遊詩人の修業を十四年。

なかなか楽しみ甲斐のありそうな人生設計だ。

「アルヌ様、こちらにお出《い》でてしたか」

「ああ、イーサク、いいところに来た。タイショー、イーサクにもさっきのニクジャガを食べさせてやってくれないだろうか」

いつの間にかやって来たイーサクが、妙に機嫌のいいアルヌに一瞬ぎょっとする。だが、鍛《きた》え抜かれた自制心でそれを抑え込んだらしい。

やはりイーサクはアルヌには過ぎた部下だ。但しこれからは今まで以上に苦労して貰うことになる。アルヌの中では、一つの決意が固まりつつあった。

「ニクジャガ、ですか。これはまた」

アルヌよりも慣れた手つきでハシを使い、イーサクがニクジャガを食べる。

馬鈴薯を食べても肉を食べても目付きがころころと変わるのが見ていて面白い。

「タイショー、これは、凄い料理ですね……北の方に似たような料理があるのですが、そちらはサワークリームを添えます。このニクジャガはそういう小手先に頼らなくても、単品で料理として完成している」

「守破離ですよ」

「シュハリ？」

聴き慣れない言葉にアルヌが聞き返す。

「師匠に教えて貰った言葉なんですがね、最初は愚直に師匠のやって来たことを学ぶ。これが守です。そこからはじめてそれまで教わったことを破壊するのが、破。そして最後に新しい自分だけのものを作る離です」

「シュ、ハ、リ……」

腰にぶら提げた羊皮紙の束は詩作の思い付きを纏めておくためのものだったが、アルヌはそこにシュハリという言葉を書き付けた。これからは、詩以外のことを記すことも多くなるはずだ。

「いい言葉ですね、アルヌ様」

イーサクの口調が少し底意地悪く聞こえるのは、二年で親爺のやり方を放り投げたからだろう。言い返せないのが悔しいが、これからは違う。

「イーサク、私は家を継ぐぞ」

「……え」

突然の宣言に驚いたのか、イーサクがハシを取り落とす。

無理もない。今朝までイーサクには継ぐつもりはないといい続けてきたのだ。翻意《ほんい》をするにも準備というものがある。これほど急に言われれば、冗談と思われても仕方はないだろう。

しかし、イーサクの反応は想像以上のものだった。

「お、おめでとうございます！」

椅子から立ち上がると、腰が折れるのではないかと思うほどに頭を下げる。上げた顔には涙が流れている。

普段の真面目な姿からは全く想像もできない喜びようだ。

「このイーサク、アルヌ様にこれまでお仕えして参りましたが、今日ほどうれしいことはございません！」

そこにちょうど帰って来たシノブも、あまりのことに理解が追いつかないという様子でただおろおろとしている。

「アルヌ様、祝宴です。今日は祝宴ですよ！」

「あ、ああ、それは構わないんだが……」

「お金なら心配ありません！　大殿様よりそれくらいのお金は預かっております！」

タイショーに助けを求めると、口元だけの笑みで返された。

手際よく料理の仕込みをはじめたところをみると、もうその気なのだろう。

その晩は、訪れた客の払いを全てアルヌが持つという大宴会が開かれた。


翌朝、古都を取り巻く侯爵領の全域に、サクヌッセンブルク侯爵アルヌ十五世が即位することが布告された。

古都の大市

今年も大市の初日は晴れだった。

去年も一昨年もその前も、この日だけは不思議と晴れる。

マルセルの知る限り、それはずっと続いていることで、少なくとも曾爺《ひいじい》さんの代からは一粒たりとも雨が降ったことはない。

但し、寒さだけは厳しかった。晴れれば冷えるのがこの季節の道理だ。老いて痩せたマルセルは商売品の服までかき集めてぶくぶくに着膨れている。

去年までと同じように大市がはじめられそうなことにマルセルは密かに胸を撫で下ろしていた。自分が市参事会の議長に就任した途端によくないことが起こるというのは、やはり気持ちのいいものではない。

何せ前任のバッケスホーフは今や罪人の身の上だ。織物職人ギルドのマイスターの中で一番当たり障りがないという理由で参事会に推されたマルセルとしては、何事も大過《たいか》なく終えることだけがたった一つの望みという具合だ。

マルセルは間もなく日の出を迎える大門の階段を登りながら、女神に祈りの聖句を唱える。

どうか今年は商人がたくさん集まりますように。

大市の取引高は、古都《アイテーリア》の税収を左右する。なるべくなら、多くの商人に来て欲しい。

寒さに手を擦り合わせながら階段を登り切ると、鐘楼《しょうろう》に出る。ここで市参事会議長が鐘を鳴らすと、大市が始まるのだ。栄誉あるこの役目は市参事会議長の権利であり、義務でもある。

マルセルにはもう一つ気がかりなことがあったが、今は大市をはじめることが先決だ。

大門の外を見ることのできる覗き窓には、今年の当番であるホルガーとゲーアノートが既に待っていた。二人とも窓から外の様子を見るのに忙しいようで、マルセルの方には気付きもしない。

「オホン」

精一杯の威厳を込めて、マルセルが咳払いをする。六十を過ぎてなお矍鑠《かくしゃく》としているマルセルだが、市参事会では軽い神輿のようなものだ。旧バッケスホーフ派と現在の主流派の間でふわふわと漂うようにして発言力を維持している。

それでも話を聞いてくれそうなのが、ホルガーとゲーアノートの二人だった。今回の当番をこの二人に指名したのも、そういう事情があってのことである。

ところが、どういうわけか今日は咳払いをしてもこちらを振り向いてくれない。

聞こえなかったのかともう一度軽く咳払いをするが、それも無視されてしまった。

こうなっては仕方がない。マルセルは辞を低くして二人に朝の挨拶を入れることにした。

「おはよう、お二人さん。今年の馬車の列は手前の丘くらいは越えているかね？」

この鐘楼からは街道沿いの丘が三つ見える。手前の丘、中の丘、奥の丘。

中の丘まで馬車とその護衛の列があれば大市は大成功だが、北方三領邦問題が勃発したここ数年は手前の丘までも車列は届かなかった。

北が落ち着いた今年こそは、とマルセルは期待しているのだが。

「ああ、議長。こいつはちょっとな……」

「少し拙《まず》いことになるかもしれませんよ」

ホルガーとゲーアノートが揃って不吉なことを言うので、マルセルの胃がきゅっと縮まる。

手前の丘までも馬車が集まらなかったのだろうか。そうなると税収のやりくりは思っていたよりも厳しいことになる。市壁の修理や運河の浚渫《しゅんせつ》など、参事会として取り組みたい事柄は山のようにある。それに手を付けられるくらいの税収は確保できればいいのだが。

「……そうか、ある程度は覚悟していたのだがな。で、どれくらい来ているのだ。さすがに両手の指で数えられるほどということはないのだろう?」

「両手の指で、か。数えられるかな、ゲーアノート?」

「少し難しいかな」

実際に指を折りながら数えてみせるゲーアノートの仕草に、マルセルも肩を落とす。最近馬丁宿通りに開店したという流行りの薬屋で胃薬を買ってきた方がいいかもしれない。

任期一年目でとんだ災難に巻き込まれた。

大市を楽しみにしていた市民には申し訳ないが、今年は粛々《しゅくしゅく》と進めてその経験を来年に生かすより外ないだろう。

「しかしまぁ、紋付の馬車だけで十以上というのは久しぶりではないか？」

「少なくともここ十数年の記録にはないな」

「……紋付？」

二人のやり取りにマルセルは首を傾げる。

貴顕《きけん》の座乗する馬車には、紋が付く。

古都の大市に来るといえばサクヌッセンブルク侯爵とブランターノ男爵の二つが慣例だ。お忍びで来る貴族もいるが、わざわざ紋付の馬車で公的に訪問する貴族は珍しい。

「サクヌッセンブルク侯爵、ブランターノ男爵は例年通りとして……あの紋はどこの紋だ、ゲーアノート？」

「バーデンブルク伯ヨハン＝グスタフ閣下だな。その次は北方三領邦のウィンデルマーク伯、カルセンマーク伯、システィンマーク伯。吟遊詩人のクローヴィンケル男爵に管区大司教か。聖王国《ルブシア》の枢機卿旗もあるな。珍しい」

ゲーアノートの口にする錚々《そうそう》たる顔ぶれの名が俄かには信じられず、マルセルは覗き窓から外に顔を突き出す。

そこには信じられない光景が広がっていた。

紋付馬車とそれを先導する騎士の持つ旗幟が手前の丘まではためき、その奥に際限なく馬車が連なっている。護衛の多さは運んでいる荷物の喧伝のために誇張して語られることが多いが、今年は違う。本当に王侯貴族が臣下《しんか》を率いて入城してくるのだから、その規模は例年の比ではなかった。

奥の丘まで続く車列は少しも途切れておらず、その向こうにも更に繋がっているのはほぼ間違いない。いったい、何が起こっていると言うのか。

「な、大変なことになっただろ、議長?」

「公式訪問される貴族の宿も足りません。至急、参事会を呼集して、誰の家に誰をお迎えするかを割り振らねば。もちろん、あぶれた商人たちと護衛の宿をどうするのかも」

「あ、ああ……晩餐《ばんさん》の支度もしなければならんしな」

「いや、それは先方の都合を聞いてからでもいいかもしれませんが」

奥歯に物の挟まったような言い方をするゲーアノートの態度を訝しむ。あれだけ貴族にまさか酒場に繰り出して勝手に飲み食いしてくださいというわけにもいかないだろう。

ある程度の格式がある店で、今から押さえられるところとなると限られる。頭の痛い話だ。

やらねばならないことを書き留めようとマルセルは懐に羊皮紙を探した。その拍子にバサリと一通の手紙が床に落ちる。

「なんだい議長、その手紙は?」

「随分と質のよい羊皮紙のようですが」

「そうそう、これについても二人に相談したかったんだ」

広げて見るとそこには流麗な文字で、意味の分からないことが書かれている。

「なになに、〝貴市に囚《とら》われているダミアンという者は東王国《オイリア》の庇護下にある者なり。至急、釈放されたし。東王国王女摂政宮セレスティーヌ・ド・オイリア〟……?」

王女摂政宮のセレスティーヌと言えば、東王国の幼王ユーグに代わって国政を掌《つかさど》る大物だ。そんな人物がどうしてわざわざ古都の一犯罪者の身柄に拘《こだわ》るのか。

「ダミアンという男は確かに牢獄に繋いでありますが……」

「罪状は？」

「魔女狩り騒動の首謀者ですよ。大司教の庇護下にあったようですが、絶縁されています」

「なんともよく分からん話だな」

三人は無言で頷き合う。これはきっと、手の込んだ悪戯だ。羊皮紙は立派だが王女摂政宮の封蝋《ふうろう》が捺《お》されていないのも怪しさを増していた。

「なんにしても、今は大市の方が大事だな」

「それもそうです。議長、鐘を鳴らしてください」

「あ、そうだな」

一つ咳払いをしてから、マルセルは鐘から伸びる紐に手を伸ばした。

これを引けば、大市がはじまる。

今まで流されて生きてきたが、せめてこの紐だけは自分の意思で引こう。

そう思ってでもう一度だけ覗き窓から外に視線を彷徨わせたマルセルは、そこにあるはずのないものを見つけてしまった。

丘の上に翩翻《へんぽん》とはためく大旗に描かれているのは〝三頭竜に鷹の爪〟……

「せ、先帝陛下！」

あまりのことに動転して倒れ込みそうになるマルセルは慌てて手近なものに捕まった。

リンゴン、リンゴン……

紐を引かれた鐘は重厚な音を響かせ、待ち構えていた衛兵隊が古都の大門の閂《かんぬき》を外す。

車列の先頭がゆっくりと門を目指しはじめるとそれに続く後続の流れが小波のように丘向こうまで伝わっていった。どこかで誰かが口笛を吹き、釣られたように鉦《かね》や太鼓が鳴りはじめる。

ここに、古都の大市が幕を開けた。


「大市ってはじめてだけど、随分と賑やかなんですね」

店の前を流れる人の波を硝子戸の隙間からしのぶは眺めている。

普段は人通りのほとんどが馬丁ばかりのこの通りも、大市の今は賑やかだ。

陽はもう暮れかかっているのに、人の出はますます増えている。夜になれば、収穫祭が本番になる。これから夜を徹して祭りが続くのだ。

各国からやって来た商人たちの中でもあまり宿に金を掛けたくない人々はここを基点に大市で商売を仕掛ける。若くて野心的な商人が多いので、古都の中心部に負けず劣らず活気に満ちるということらしい。

「お嬢さん、何か買わないかい？」

硝子戸の隙間から割り込むようにして、浅黒い肌をした商人が商談を仕掛けてくる。手にしているのは羊皮紙の束だ。

最近少しだけこちらの文字が読めるようになったしのぶだが、見た限りではどうやら詩が書かれているらしい。

「あのクローヴィンケルが若い頃に綴った恋愛詩だ。遠く離れても想い合う二人の恋歌。こいつはなかなかのお値打ち品だぜ。お嬢さんみたいな若い子にはぴったりだ」

「え……でも……」

渋るしのぶの後ろからぬっと手が伸び、羊皮紙の束を引《ひ》っ手繰《たく》る。

「あ、おい爺さん！　何しやがる！」

「いやね、私は若い頃から恋愛詩なんて書いたことはないものでね。どういうものが流布《るふ》しているのか興味が湧いたものだから」

羊皮紙につらつらと目を走らせているのは、クローヴィンケルその人だ。

売りつけようとした商人は顔を知っていたのか、あわあわと何も言えずにいる。まさかこんな場末の酒場に高名な吟遊詩人がいるとは思いもしないだろう。

「ふぅむ。あまり出来のいい贋作《がんさく》ではないな。騙《かた》るならもう少し詩形というものを勉強した方がいい。ああでも、羊皮紙の質は私が使っていたものによく似ている。そこだけは褒めてあげよう。次はもう少し出来のいいものをお願いする」

そう言って羊皮紙を押し付けると、商人は何も言わずに人ごみに紛《まぎ》れてしまった。

「礼の一つも言わないというのは……叱正した方がよかったかな？」

忍び笑いを漏らすクローヴィンケルの他にも、店内には普段あまりノブを訪れることのない人々が料理をつついている。

「しのぶちゃん、ちょっと外見てないで手伝って！」

「はい！」

信之はさっきから肉じゃがを大鍋で仕込みながら、他の料理も次々と盛り付けている。

カウンターに陣取る先帝とヨハン＝グスタフ、そしてヒルデガルドとその夫であるマクシミリアン親王は餡《あん》かけ湯豆腐からの小鍋立てを楽しんでいた。

ヒルデガルドより一つ年下の十一歳になったばかりのマクシミリアンは、祖父である先帝との会食に最初は緊張していたようだが、妻であるヒルデガルドに食べ方を指南されながら湯豆腐をはふはふと食べている。

「ほらマクシミリアン、口の周りが汚れてるよ」

「ああ、ありがとう。ヒルダ」

年上の新妻に口元を拭って貰う光景も、二人がまだ年若いのでより微笑ましく映る。

「しっかりした姪《めい》じゃないか、ヨハン＝グスタフ」

「伯父上の血ですよ」

今日はラガーではなく熱燗を嗜んでいるヨハン＝グスタフがほろ酔い加減で応じる。

「……あの二人を見ていると、そろそろお前さんも身を固めようとは思わんのか？」

「私より先に従兄陛下でしょう。皇帝なんですから早く誰かと娶《めと》わせないと」

「それは常々言っておるのだがなぁ」

内容だけならば居酒屋で交わされる普通の会話なのだが、話しているのは帝国の重鎮《じゅうちん》だ。

苦笑を浮かべながら可能な限り耳に入れないように注意して、しのぶは料理を運んでいく。

テーブルを一つ片付けて立食形式にしているが、それでも店内は手狭だ。

食べ物が載せ切れないかと心配していたのだが、これだけの人数だ。次から次に皿が空くので、信之が休まる暇もない。酒も肴も大盤振る舞いだ。

「では、今後は魔女狩りについては一切禁止するということでいいかな」

「それが妥当でしょう。今回魔女探しをして分かりましたが、帝国含めて近隣三国に魔女はもうほとんど残ってはおりませんし」

部屋の隅でプリンに舌鼓を打ちながら会談しているのは、ヒュルヒテゴット枢機卿と、ロドリーゴ大司教だ。改革派と古典回帰派の大物がこんなところで会っているとなれば教導聖省が大騒ぎになりそうだが、つつがなく合意は形成されそうだった。

どちらの閥《ばつ》にも過激な連中はいるので、ゆっくりと下に話を下ろしていくことになる。脇にはイングリドとエトヴィンも控えていた。

大司教についてきたエンリコも茶碗蒸しをさっきからいくつも食べている。

エトヴィンはとある用事で聖王国まで出向いてヒュルヒテゴットを呼びに行っていたのだが、図らずも聖王国で机を並べたかつての学僧たちが数十年ぶりに一堂に会することになった。その空気は重要な事柄を決めているというより、同窓会のようにも見える。

「エトヴィン先輩、あんたまだ助祭なんかやってんのかい？」

「そうじゃよ、イングリド。まだ助祭をやっておる。しがない助祭を助けると思って、肩代わりしておいた〈踊る仔馬〉亭のツケを払ってくれても罰は当たらんと思うが」

「こっちはその日暮らしがやっとの薬師稼業さね。逆さに振ってもツケを払う金なんてありゃしないよ。それに勝手に払っておいて今さら返せって言うのも勝手な話じゃないか」

のらりくらりと言い逃れようとする師匠の態度に弟子のカミラが首を竦めている。

手に持っているのはたこ焼きだ。歳の近いエーファとはいつの間にかすっかり仲よくなったようで、ソース味と醤油味のたこ焼きを交換したりもしている。

カミラに友達を作ってやりたいというイングリドの願いは、叶ったようだ。

大市のためにしのぶが密かに用意したたこ焼き機は、女傭兵のリオンティーヌが担当している。

扱うのは初めての筈なのに、その手際は妙に様になっていた。

「たこ焼き、上手いですね」

「コツは手首の返しだろ？　剣術と同じようなもんさ。ところでこれにイカを入れちゃダメかい？」

東王国の実家に帰ったリオンティーヌだったが、じっとしているのは性に合わなかったらしい。

再び傭兵稼業に乗り出したところで古都を目指す枢機卿のヒュルヒテゴットとエトヴィンに雇われ、古都までの護衛を仰せつかったのだという。契約では古都までの護衛となっているので、暫くこちらで暮らすつもりだという。少しお腹周りがふっくらとしてきたヘルミーナの代わりに、のぶで雇って貰えないかと信之と交渉中だ。

皆がそれぞれに居酒屋のぶを堪能している。

美味い肴と美味い酒。そしてそれを楽しむお客の顔。

こういう顔を見たくて、店を開けているという実感がある。

「しのぶちゃん、そろそろよろしく」

「皆さん、今日の新作料理ですよー」

信之が大鍋から盛り付けていくのは、肉じゃがだ。今日のために試作を繰り返し、二人で満足の行く味に仕上げた。エーファの家のじゃが芋の力も相俟って、どこに出しても恥ずかしくない味になったという自負がある。

新作料理と聞いて真っ先に皿を取るのはクローヴィンケルだ。

一口頬張ると目を輝かせ、二口三口と食べ進めていく。

「美味《おい》しいです。ダシマキにも魔法を感じましたが、このニクジャガにも強い力を感じる」

ブランターノもワイン片手に肉じゃがを楽しんでいるようだ。

自分の領地で採れた馬鈴薯でも作れるものなのかと近くにいたラインホルトに尋ねているが、あいまいな笑みを返されるだけだ。

肉じゃがの皿が次々と空になるのを見ながら、新議長のマルセルが店の隅でビールを呷っている。

「分からん。何が起こっているんだ。まさか王侯貴族の皆様がこの居酒屋の新作料理を食べに遥々やってきたわけではあるまいに……」

「ここの料理は美味いけど、さすがにそれはないよ、マルセルの旦那」

この世の何もかもが信じられないという顔のマルセルに付き合ってやっているホルガーが肉じゃ

がのお代わりを空にする。これでも三皿目だ。

「じゃあいったい全体これはなんの騒ぎなんだ、ホルガー」

「まぁ、そろそろはじまるんじゃないかな」

パンパンと大きく拍手が打たれ、店の奥に視線が集まる。

それまで騒がしかった店内を静寂が満たし、古式に則った正装に身を包んだイーサクが恭しく会衆に一礼した。

「この度は我が主、サクヌッセンブルク侯爵アルヌ・スネッフェルスの即位前御披露目式にご参列賜りまして、真にありがたく存じます」

口上が終わると同時に、裏手から真っ青な礼服を見事に着こなしたアルヌが颯爽《さっそう》と姿を現す。

遊び人風の格好をしていたのが嘘のように、どこからどう見ても貴公子にしか見えない。

アルヌは凛々《りり》しい表情で参列する人々の顔を見渡した後、非の打ち所のない、それでいてどこか色気のある礼をしてみせた。

「本日はお集まり頂きありがとうございます。私はサクヌッセンブルク侯爵アルヌ・スネッフェルス。神と女神と太陽の恩寵《おんちょう》によってこの名を名乗る十五番目のアルヌです」

長い名乗りに少しも言い淀まないのは吟遊詩人としての鍛錬の賜物《たまもの》だろうか。

ヒュルヒテゴットが枢機卿として、侯爵に祝辞を述べる。エトヴィンはこのためにわざわざ呼んで来たらしい。

先帝はじめ皆が拍手を送る中で、しのぶは肘で信之を突いて尋ねた。

「ねぇ大将、侯爵ってどれくらい偉いの？」

「こっちの世界とあっちの世界とで同じ意味なのかは分からないけど、男爵、子爵、伯爵の上だよ」

「へぇ、アルヌさんって偉かったんだ。侯爵になったらもう来てくれないかもしれないね」

「さぁ、それはどうだろうな。暫くは親爺さんにこってり絞られそうだけど」

一度仕事を投げ出したアルヌに先代の侯爵は随分と腹を立てていた。

だが、重度の腰痛で執務《しつむ》も続けられないので、アルヌが同意しようとすまいと、大市を機に譲位《じょうい》するつもりだったらしい。即位式に枢機卿まで招けば、さしものアルヌも折れて考えを改めると思ったのだろう。

それでも、自分からやる気になって継ぐことを決意したことには喜んでいるようだ。昵懇《じっこん》にしていたエトヴィンにヒュルヒテゴットを呼びに行かせたのも、無駄にならなかった。

「いい侯爵になってくれるといいね」

「それは間違いないと思うな」

誰かがビールのお代わりを注文する声が聞こえたので、しのぶは「はーい」と応じる。

この御披露目式が終わったら、大鍋に作った肉じゃがを無料で振る舞う予定だ。

試食会には衛兵隊の皆や他の常連、それにエーファの弟妹も招く予定になっている。いい味に仕上がっているので、きっと人気が出るはずだ。

その材料費と調理に掛かる手間賃は、全てアルヌが負担してくれた。近隣諸国から集まる商人たちに、サクヌッセンブルク領の馬鈴薯《カルトッフェル》の美味しさを宣伝する作戦だ。

侯爵となったアルヌのはじめての仕事は、居酒屋のぶへの支払いを認める書類に署名をすることになるとイーサクが教えてくれた。

縁が縁を呼び、新しい出会いを連れてくる。

ここで店を開けていることが、少しでも古都の人を幸せにできればいいとしのぶは思う。

不思議な力で古都に店を出すようになって、まだ一年。

これだけ多くのお客を迎えることができるようになったのは、しのぶにとっても信之にとっても嬉しい驚きだった。

「来年もまた、同じように大市が迎えられたらいいね」

「来年はもっと賑やかにしたいな」

表の通りから、豊年を願う古い祭文が聞こえてきた。

宴の夜は、まだまだ続く。

〆のゆずシャーベット

初物のゆずをおろし金で擂ると、店の中に爽やかな香りが広がった。

大市が終わった後の古都《アイテーリア》はめっきり冬らしさを増している。雨よりも雪が多くなり、朝には見せの前に霜が下りていることも少なくない。あれほど活発だった街の人々は窓を閉ざし、厳しくなる寒さに備えている。

しゅんしゅんとヤカンが湯気を噴きはじめた。

しのぶがゆずシャーベットを作るのは久しぶりだが、手は覚えている。

ヘルミーナの食欲が最近めっきり衰えたとベルトホルトから相談を受けたのは、大市が終わってすぐのことだった。酸っぱいものや脂っこくないものなら食べられるということだが、身の回りに妊娠経験者がいないので二人とも驚いてしまったらしい。

信之と相談して食べやすいものを色々と差し入れしているが、今日はゆずシャーベットを作ってみようということになった。二人はもうすぐ、のぶを訪れる予定になっている。

既にヘルミーナの分は作り終えて、今仕込んでいるのは晩に出す店用だ。

砂糖を溶かしたお湯にたっぷりのゆず果汁と擂りおろしたゆずの皮を加える。

ゆきつな時代は季節のデザートとして出していたレシピだ。

特製プリンを出すようになってからは、食後に甘味を食べたいというお客が増えている。うまく作れれば、冬の間だけでも品書きに加えたい。

「……いい匂いがするなぁ」

香りにつられるようにふらりとやって来たのは、アルヌだ。

正式に侯爵の位に就いた後も、時折のぶを訪れては天ぷらやその日のお勧めを食べていく。

「いいんですか、また抜け出してきて」

「近隣の友好的な都市の視察も領主の大事な仕事だからね。それに市参事会に用事もある」

サクヌッセンブルク侯爵領で収穫される作物の多くは古都で消費される。つまりアルヌにとってこの街は最大の取引相手ということになる。

「しかし、ハンスくんも板についてきたな。衛兵を辞めると聞いた時は侯爵家に仕えないかと声を掛けようかと思ったんだが」

「ありがとうございます。お気持ちだけ頂戴します」

衛兵隊を惜しまれながら退職したハンスは今、自分の屋台を出すために修業中だ。信之が忙しい時は野菜の皮剥きのような仕事を手伝いながら、のぶの味を盗もうと奮闘している。

ゆきつなでは後輩の指導もしていた信之は久しぶりにしごき甲斐のある弟子ができたと、基本からそれとなく学べるように叩き込んでいた。

「何か食べていきますか？」しのぶが尋ねるとアルヌは小さく首を振る。

「今日は遠慮しておく。こう見えても侯爵っていうのは意外に忙しいんだ」

後ろ手を振るアルヌの背中は自信とやる気に満ちている。

遊び人を気取っていた頃にも色気があったが、今の背中は生き生きとしていた。

きっと、性に合っているのだろう。

「ん、誰か来てたの？」

入れ替わりに、信之が裏口から帰ってきた。珍しく私服姿の信之は、手に風呂敷を提げている。

「アルヌさん。古都の視察だって」

「ゆずシャーベットの試作品、食べて貰えばよかったのに」

「なんだか忙しいみたいよ」

「それもそっか」

生返事をしながら信之はもうハンスの剥いたじゃがいもの検分をはじめている。

緊張した面持ちのハンスに微笑みかけると、自分で包丁を手に取り、するすると剥きはじめた。

ハンスが剥いたじゃがが芋より、皮が薄い。

「食べられるところを多く残したいのもそうだが、野菜や果物は皮の近くに旨みのあるものが多い。なるべく薄く剥いて、そこもお客さんに食べて貰えるようにした方がいいだろう？」

「はい！」

今日の信之の口調は、ゆきつなの板長である塔原に似ている。

それもそのはずで、今会ってきたばかりなのだ。師匠の塔原に、肉じゃがを食べて貰う。

それが今日の信之の外出理由だった。

重箱に詰めた肉じゃがにはしっかりと味が沁みて、ちょうどいい味付けになっていた。料亭で出しても恥ずかしくない仕上がりだとしのぶが太鼓判を押した味だ。

「塔原さん、なんだって？」

信之は答えず、親指をぐっと突き出す。上手く行ったのだろう。

あの味なら、誰にも文句は付けられないはずだ。

「しのぶちゃんが味見してくれたお陰だよ」

「大将が頑張ったからでしょ」

料理人として、山を一つ越えた。今の信之には、そういう安心感がある。

この技を、ハンスにも伝えていくことになるのだろう。

ふと気配を感じて硝子戸の方を見遣ると、影が二つ。

手を繋いだ影を迎えるために、しのぶは心からの笑顔で挨拶をした。

「いらっしゃいませ！」

「……らっしゃい」

居酒屋のぶは今日も、古都の一角で暖簾を掲げている。

のぶ

※本書は、「小説家になろう」(http://syosetu.com)に
掲載されていたものを、改稿のうえ書籍化したものです。
この物語はフィクションです。
実在する人物、団体等とは一切関係ありません。

異世界居酒屋「のぶ」二杯目
(いせかいいざかや 「のぶ」にはいめ)

2015年2月23日 第1刷発行

著　　者　蟬《せみ》川《かわ》夏《なつ》哉《や》

発 行 人　蓮見清一

発 行 所　株式会社 宝島社
〒102-8388　東京都千代田区一番町25番地
電話：営業 03(3234)4621／編集 03(3239)0599
http://tkj.jp
振替：00170-1-170829（株）宝島社

印刷・製本　サンケイ総合印刷株式会社

ISBN978-4-8002-3721-7